Le Cid

Corneille

Le Cid

Tragédie
1637

Préface de Bernard Dort
Commentaires et notes
d'Alain Couprie

Le Livre de Poche

Texte conforme à l'édition des
Grands Écrivains de la France

Agrégé de l'Université, docteur ès lettres, Alain Couprie est l'auteur d'une thèse consacrée aux *Images de la Cour, de Corneille à La Bruyère* (Lille III, 1984). Outre plusieurs articles relatifs à la littérature du XVIIᵉ siècle et deux opuscules : *Du symbolisme au surréalisme* (Hatier, 1984) et *La Nature chez Rousseau et les Romantiques* (Hatier, 1985), il a écrit, en collaboration avec Jacques Truchet et sous la direction de celui-ci, deux ouvrages : *Le Thème du conseiller des rois dans la tragédie classique* (J.-M. Place, 1981) et une *Thématique de Molière* (S.E.D.E.S., 1985). Secrétaire de rédaction de la revue du XVIIᵉ siècle.

Une nouvelle approche du théâtre

LE *théâtre est échange entre le comédien et le public.* Le Livre de Poche Classique, *en publiant une série « Théâtre », cherche à développer cette même complicité entre l'auteur et son lecteur.*

Nous avons donc demandé à des metteurs en scène, à des comédiens, à des critiques de présenter la pièce et de nous faire partager leur joie de créateur. N'oublions pas que le théâtre est un jeu, « une scène libre au gré des fictions », disait Mallarmé. L'acteur, en revêtant son costume, « change de dimension, d'espèce, d'espace » (Léonor Fini).

Ici, la préface crée l'atmosphère à laquelle est convié le lecteur.

Mais il fallait éclairer la pièce. On ne peut aborder avec profit les chefs-d'œuvre du répertoire sans connaître les circonstances de leur création, l'intrigue, le jeu des personnages, l'accueil du public et de la critique, les ressorts dramatiques. Nous avons laissé le lecteur à la libre découverte du texte, mais aussi, pour le guider, nous avons fait appel à des universitaires, tous spécialistes du théâtre.

Nous avons voulu, en regroupant en fin de volume les Commentaires et les Notes, débarrasser le texte de ses « spots » scolaires. Toutes les interrogations qu'un élève, qu'un étudiant ou qu'un lecteur exempt de contrainte peuvent se poser, sont traitées dans six rubriques. Une abondante annotation vient compléter cette analyse.

Notre souhait a été de créer pour le théâtre de véritables Livres de Poche ayant leur place dans notre série Classique.

L'Éditeur.

Préface

LA FÊTE DU CID

J'AI toujours admiré Corneille. Mais j'ai mis longtemps à aimer *Le Cid*. Au lycée, on me le fit « expliquer » et j'en sus par cœur des « morceaux choisis » (je rougis à l'idée d'avoir récité, un jour, les stances de Rodrigue) : *Le Cid* me paraissait alors le comble de l'artifice et du clinquant. A vrai dire, je ne croyais pas du tout à l'histoire de ce « couple sportif et brillant », de ces « deux beaux coureurs rivaux dans la poudre de neige lancés sur leurs bois recourbés, deux beaux nageurs rivaux dans la poudre d'écume lorsqu'ils touchent ensemble le rebord de la piscine et se retournent, deux enfants de vingt ans joyeux dans leur malheur et qui ne donnent décidément pas au mot épreuve un autre sens que celui de compétition sportive[1] » (je cite Robert Brasillach dont le *Corneille* était, alors, l'antidote à nos explications de texte par trop laborieuses). C'était le Corneille de *Cinna* et de *Polyeucte* que j'aimais. Je le lisais à travers *Victor Marie, comte Hugo* de Péguy — ce Péguy que l'on prati-

1. Brasillach Robert : *Pierre Corneille*, coll. « L'Homme et son œuvre », Librairie Arthème Fayard, Paris, 1938, pp. 145-146.

quait beaucoup à l'époque, du côté de Vichy comme du
côté de la Résistance — et je m'émerveillais d'y trouver
« tout cet héroïsme de race (temporelle) », qui me lais-
sait froid dans *Le Cid*, « promu en héroïsme de grâce, de
race éternelle [1] ».

Les représentations du *Cid* ne m'ont pas, non plus, été
d'un grand secours. Je me souviens d'une, au Théâtre
municipal d'Auch. C'était un spectacle de tournée. Je ne
sais plus quels en étaient les interprètes. Mais ils étaient
— à mes yeux d'adolescent, au moins — âgés. Ils vrom-
bissaient les vers. Leur Espagne sentait la toile peinte.
C'était encore pire qu'au lycée. Il y avait de la parodie
dans l'air. Bref, *Le Cid* ne me semblait plus que décom-
bres. Lorsque j'arrivai à Paris, Jean-Louis Barrault avait
déjà troqué le Rodrigue de Corneille contre celui du
Soulier de satin. Je n'en ai pas trop de regrets : Barrault
lui-même parle de ses débuts dans *Le Cid* comme
d'« une catastrophe », ajoutant qu'il avait « l'air d'un
criquet » là où il aurait fallu « un bœuf normand [2] » !

Mais Avignon vint, l'été 1951. Ce fut ma découverte
du *Cid*. Un coup de foudre — que nous fûmes quelques
milliers à partager. Certes, Gérard Philipe y était pour
beaucoup. Il avait incarné l'Ange de *Sodome et
Gomorrhe* de Giraudoux, puis le Caligula de Camus. Au
cinéma, l'adolescent du *Diable au corps* (1947) était
devenu un irrésistible Fanfan la Tulipe, l'année même
de son premier Rodrigue avignonnais. En Cid, il rassemblait tous ses rôles précédents : il était, presque
simultanément, l'innocent et le rusé, l'amoureux et le
guerrier, l'enfant et le héros... Il jouait avec sa jeunesse
(Philippe approchait des trente ans). Au début, il parais-

1. Péguy Charles : *Victor-Marie, comte Hugo*, Gallimard,
Paris, 1934, p. 195.
2. Barrault Jean-Louis : *Souvenirs pour demain*, Édit. du
Seuil, Paris, 1972, p. 149.

sait d'une désarmante juvénilité, sur le bord de l'imma-
turité. Puis, au long de l'action, il prenait de l'âge, se
métamorphosant en adulte sous nos yeux. Morvan
Lebesque le notait justement : « C'est un enfant qui, en
une nuit, est devenu un homme [1]. » De plus, son Rodrigue
était, cet été-là, inséparable du prince de Hombourg de
Kleist qu'il interprétait aussi à Avignon. Une étrange
osmose se produisait : le somnambulisme du prince
prussien colorait imperceptiblement les exploits noctur-
nes du héros cornélien. Une sorte de mélancolie et presque d'abandon faisait contrepoids aux élans de Rodrigue. Il y avait du « tenebroso » dans l'éclat de ce Cid.
Lors de la dernière répétition, Philipe s'était blessé au
genou en tombant d'un praticable. C'est donc un Rodrigue « perclus de douleurs, couvert de sueurs, calmant ses
souffrances par des piqûres et que deux de ses cama-
rades soutenaient par les épaules pour le conduire en
scène [2] » que j'ai vu, le soir de la première. Et le récit de
son combat contre les Mores, il le fit assis, sur le siège
que lui avança le Roi. La souffrance du comédien et
l'épuisement du héros se confondaient. Ce Cid était
doublement blessé. C'est aussi par là qu'il nous atteignait.

Philipe n'était pas, à lui seul, le *Cid*. Lui répon-
daient la fragilité de Françoise Spira (elle, elle avait déjà
été des précédents *Cid* avignonnais, depuis 1949, avec
Jean-Pierre Jorris en Rodrigue — que je n'avais pas
vus), la présence têtue, obstinée, d'une petite Infante qui
n'était autre que la jeune Jeanne Moreau... Et Vilar : le
roi Vilar. C'était bien à celui-ci que revenait le dernier
mot. Avec Vilar — qui, dans d'autres représentations,

    1. *Cf.* le texte de Morvan Lebesque dans *Gérard Philipe*,
souvenirs et témoignages recueillis par Anne Philipe et présen-
tés par Claude Roy, coll. « L'Air du temps », Gallimard, Paris,
1960, p. 144.
    2. *Ibid.*, p. 142.

fera un don Diègue presque moliéresque — don Fernand
devenait la clef de voûte du *Cid* et il préfigurait toute
une lignée de rois cornéliens (Vilar sera aussi, inoublia-
blement, l'Auguste de *Cinna*) partagés entre l'amertume
et la sagesse, entre le ressentiment et la clémence, entre
la tyrannie et la générosité... et dont le choix décide de
tout.

Ce *Cid*-là reste pour moi, plus de trente ans après, *Le
Cid*. Je l'ai revu au T.N.P., mais retrouva-t-il jamais
l'état de grâce de l'été 1951 ? J'en ai vu d'autres. J'ai
même vu, tout récemment, un *Cid* monté et joué par
Francis Huster : il rassemblait, avec bonheur, plusieurs
générations de comédiens chargés d'exploits : Jean-
Louis Barrault, Jean Marais (celui-ci donnait, comme on
l'a dit du don Diègue de Maubant il y a cent ans, l'« impression que je ne sais combien de siècles vibrent dans
sa bouche[1] ») et Monique Mélinand qui fut l'Ondine de
Louis Jouvet... et de jeunes acteurs d'aujourd'hui —
comme pour une réunion de famille. Dans la grande
salle du Théâtre du Rond-Point, un public nombreux,
fervent, lui faisait fête. Pourtant, il n'a pas remplacé
mon *Cid* avignonnais. Celui-ci demeure unique. Est-ce
une illusion de ma propre jeunesse ? Jamais plus je n'ai
ressenti l'évidence du *Cid*. Et cette sorte de stupeur
réjouie qui fut, peut-être, celle des contemporains de
Corneille, à la création.

Le Cid est paradoxal. Il est tissé de contradictions. On
sait que le lieu même où il se déroule a toujours fait
question. Non seulement ce lieu « change de scène en
scène, et tantôt c'est le palais du Roi, tantôt l'apparte-

---

1. Jules Lemaître dans le *Journal des Débats*, 15 juin 1886,
cité dans *Les Grands Rôles du théâtre de Corneille*, par Maurice
Descotes, Presses universitaires de France, Paris, 1962,
p. 116.

ment de l'Infante, tantôt la maison de Chimène, et tantôt une rue ou une place publique » (Corneille dans son *Examen*), mais encore, Corneille le reconnaît aussi, il est parfois « malaisé d'en choisir un qui convienne » à des scènes qui « ont leur liaison ensemble » (par exemple, celles de la querelle du Comte et de don Diègue — sans parler de l'incohérence qu'il y a à situer sur « une place publique » le monologue de don Diègue et sa seconde rencontre avec Rodrigue, quand « cinq cents de [ses] amis » l'attendent chez lui...). Reste la possibilité de recourir à ce que Corneille appelle « une fiction de théâtre ». Peut-être même faut-il prendre cette expression dans un sens plus large : elle éclaire *Le Cid*. Car cette « tragi-comédie » n'est pas seulement fictive — comme l'est toute pièce de théâtre. Elle joue sur de la fiction, elle se nourrit de fiction. Un peu à la manière du *Don Quichotte*.

Je m'explique. Les personnages du *Cid* poursuivent, chacun, une chimère. L'amour, l'honneur, la gloire... Ce sont, certes, des sentiments qu'ils éprouvent, mais ce sont surtout des fantômes auxquels ils essaient de donner corps, avec lesquels ils essaient de s'identifier. Pour eux, il s'agit moins de réaliser que d'être. Et de se voir reconnus comme tels. Aussi ont-ils tous (à l'exception, sans doute, du Roi) quelque chose d'enfantin. De naïvement théâtral. Ils disent : « Si j'étais ceci ou cela » et, du même coup, ils le deviennent. Ils jouent à *être*. Comme des enfants ou des rêveurs éveillés.

Le Cid prolonge et abolit les premières comédies de Corneille. On l'a souvent souligné : Rodrigue est un Matamore (*L'Illusion comique*) réussi. Alors que celui-ci rêvait batailles et victoires, Rodrigue les gagne. Matamore se vantait « d'un monde d'ennemis sous mes pieds abattus » et proclamait que seuls « tous ceux qui font hommage à mes perfections / Conservent leurs États par leurs submissions », Rodrigue, lui, resplendit sur « des champs de carnage, où triomphe la mort » et il reçoit de son roi la charge d'aller jusqu'au pays des Mores « leur reporter la guerre, / Commander mon armée, et ravager leur terre » : alors, « à ce nom seul de Cid, ils trembleront d'effroi ; / Ils t'ont nommé seigneur, et te voudront pour roi ». Les mensonges de Matamore sont devenus la réalité du théâtre ; les rêves d'un adolescent, les hauts faits d'un héros. Mais *Le Cid* reprend encore autrement les premières comédies. Ce sont toutes les aventures des jeunes gens de ces comédies qui trouvent, par Rodrigue et Chimène, leur accomplissement dans « une fiction de théâtre ». Alidor, dans *La Place royale*, renie la femme qu'il aime pour mieux jouir de lui-même, de sa propre liberté : « Je vis dorénavant puisque je vis à moi. » Rodrigue et Chimène peuvent outrer leurs propres exigences aux limites du possible, ou de l'anéantissement, sans se perdre l'un l'autre à jamais. Ils se reconnaissent, au contraire, dans leurs fictions. Et le Roi inscrira, en définitive, ces fictions dans la réalité de la société. Là où Mélite, Éraste ou Philandre (dans la première pièce de Corneille, l'échevelée *Mélite*) pratiquaient la « feinte » et le « change », pous se sentir être et se voir reconnus, les héros du *Cid* se gardent de la « honte du change » : ils n'en ont plus besoin. Leur fiction est triomphante.

Le jeu du *Cid* est un jeu d'enfants qui font semblant d'être des hommes. Le miracle, c'est qu'ils le deviennent par là. C'est un miracle de théâtre. Fragile comme une illusion. Aussi rare.

Une fois, des élèves de ma classe du Conservatoire ont travaillé une scène du *Cid* : celle de l'Infante et de Léonor (acte II, scène 5). Une comédienne d'origine brésilienne s'exerçait sur l'Infante, une élève française sur Léonor. Toutes deux, plutôt qu'une princesse et sa gouvernante, semblaient encore de très jeunes filles, des adolescentes qui se racontent, en cachette, un premier amour et s'exaltent là-dessus, dans l'intimité d'une vieille maison familiale. L'Infante eut même l'idée de manipuler une sorte de poupée de chiffons que, progressivement, elle prenait pour Rodrigue et qu'elle trempait avec délectation dans une bassine d'eau rougie. C'était sans doute excessif, mais cela sonnait juste. *Le Cid* brille encore de tous les feux de l'enfance.

Mais sa splendeur est celle du bouquet final d'un feu d'artifice. Dans *Le Cid*, les rêves de l'adolescence triomphent, mais ils touchent aussi à leur terme. Rodrigue et Chimène ont joué jusqu'au bout ; ils ont bravé la mort, sollicité l'un de l'autre cette mort. Ils se sont donnés en spectacle, admirés, reconnus. Voilà maintenant que, par l'entremise du Roi, ils s'obtiennent. C'est que le jeu est fini. Le labeur quotidien va commencer. Le temps est entré dans la partie. Bientôt, il régnera sur elle. A l'autre bout de l'œuvre cornélienne, près de quarante ans après, Suréna, pourtant aussi assuré de son amour pour Eurydice que Rodrigue peut l'être pour Chimène, ne parlera plus que de « toujours aimer, souffrir, mourir ».

Derrière le conte de fées du *Cid*, la réalité affleure. Les personnages eux-mêmes ne l'ignorent pas. En premier lieu, l'Infante. C'est même là, plus que dans son utilité pour l'action (si mince qu'il a été de tradition de couper son rôle), qu'est sa véritable fonction dans la pièce. L'Infante est aussi transparente que les autres personnages. Elle est infante et elle aime, un point c'est tout. Peut-être même est-elle encore plus infantile qu'eux, plus prompte à prendre ses désirs pour des réalités. En revanche, elle sait que la vie n'est pas le conte de fées que se jouent, à cœur perdu et au risque d'y laisser leur peau, Chimène et Rodrigue. Aussi touche-t-elle à la folie (« Je suis folle et mon esprit s'égare »). Elle n'a d'autre issue que d'être un « malade qui aime sa maladie ». Et qui la connaît.

Son adolescence n'a pas de fin : elle se dévore elle-même, en pleine conscience.

A l'opposé, le Roi incarne le principe de réalité. C'est par lui, par son entremise, que les enfants terribles vont devenir adultes. Face au Comte et à don Diègue, ces pères féodaux et abusifs qui ne sont pas loin d'être retombés en enfance, à moins qu'ils n'en soient jamais sortis, il assume la mission du père. Il inscrit la fiction jouée — donc doublement fictive — de Rodrigue et de Chimène dans un univers viable. Il en fait quelque chose d'utile. Il transforme la vantardise de Matamore et le solipsisme d'Alidor en valeurs consommables, profitables à la société. Il sauve nos héros d'une mort rêvée, glorieuse et instantanée, et les expose au temps, c'est-à-dire à la désillusion, aux travaux et à l'usure. Imaginons ce que sera le couple de Rodrigue et Chimène une bonne dizaine d'années plus tard ! Et relisons, par exemple, *Pertharite, roi des Lombards* où l'on voit le héros éponyme, de retour après une longue absence qui a fait croire à sa mort, déclarer à son épouse Rodélinde : « Aimez plutôt, Madame, un vainqueur qui vous aime. / Vous avez assez fait pour moi, pour votre honneur. / Il est temps de tourner du côté du bonheur, / De ne plus embrasser des destins trop sévères / Et de laisser finir mes jours, et vos misères. »

A travers don Fernand, Corneille passe ainsi d'un théâtre à un autre. Une fois entré dans le jeu des héros, le Roi n'en sortira plus : il va même, à partir de l'Auguste de *Cinna*, en devenir le protagoniste. Et ce sera un autre monde que celui, juvénile et éblouissant, des premières pièces. *Le Cid* se tient, miraculeusement, en équilibre entre ces deux théâtres : il dessine la ligne de partage des eaux.

Nous en revenons au paradoxe du *Cid*. Ce classique entre les classiques est et ne saurait être qu'une pièce d'exception. Certes, on peut toujours jouer *Le Cid* — on

Gérard Philipe et Jean Vilar.
(T.N.P., 1951.)

ne s'en prive d'ailleurs pas : à la Comédie-Française, il vient au septième rang des pièces du répertoire, avant toute autre tragédie[1] — et faire que les spectateurs y prennent du plaisir : la clarté et la rapidité de son action, la splendeur de son verbe sont irrésistibles. Mais pour en être subjugué et y retrouver cet état de grâce (théâtral, s'entend) qui fut celui des premiers spectateurs du *Cid* — le mien aussi, à Avignon — peut-être faut-il encore quelque chose qui ne se produit pas si souvent à la scène : la rencontre d'une grande naïveté et d'une expérience consommée, d'une désarmante simplicité et d'une subtilité sans défaut, de l'éclat de la jeunesse et du pressentiment de la vieillesse... *Le Cid* ne resplendit pas à moins. Mais alors, c'est la fête.

BERNARD DORT

1. En 1978, *Le Cid* totalisait 1 625 représentations depuis 1680, à la Comédie-Française. Seules six pièces de Molière en avaient connu un plus grand nombre.

Le Cid

A Madame de Combalet

MADAME[1],

Ce portrait vivant que je vous offre représente un héros assez reconnaissable aux lauriers dont il est couvert. Sa vie a été une suite continuelle de victoires ; son corps, porté dans son armée, a gagné des batailles après sa mort[2] et son nom, au bout de six cents ans[3], vient encore de triompher en France. Il y a trouvé une réception trop favorable pour se repentir d'être sorti de son pays et d'avoir appris à parler une autre langue que la sienne. Ce succès a passé mes plus ambitieuses espérances, et m'a surpris d'abord ; mais il a cessé de m'étonner depuis que j'ai vu la satisfaction que vous avez témoignée quand il a paru devant vous. Alors j'ai osé me promettre de lui tout ce qui en est arrivé, et j'ai cru qu'après les éloges dont vous l'avez honoré, cet applaudissement universel ne lui pouvait manquer. Et véritablement, Madame, on ne peut douter avec raison de ce que vaut une chose qui a le bonheur de vous plaire : le jugement que vous en faites est la marque assurée de son prix et comme vous donnez toujours libéralement aux véritables beautés l'estime qu'elles méritent, les fausses n'ont jamais le pouvoir de vous éblouir. Mais votre générosité ne s'arrête pas à des louanges stériles pour les ouvrages qui vous agréent ; elle prend plaisir à s'étendre utilement sur ceux qui les produisent, et ne dédaigne point d'employer en leur faveur ce grand crédit que votre qualité et vos vertus vous ont acquis. J'en ai ressenti des effets qui me sont trop avantageux pour

m'en taire, et je ne vous dois pas moins de remerciements pour moi que pour *Le Cid*. C'est une reconnaissance qui m'est glorieuse puisqu'il m'est impossible de
publier que je vous ai de grandes obligations, sans
publier en même temps que vous m'avez assez estimé
pour vouloir que je vous en eusse. Aussi, Madame, si je
souhaite quelque durée pour cet heureux effort de ma
plume, ce n'est point pour apprendre mon nom à la
postérité, mais seulement pour laisser des marques éter-
nelles de ce que je vous dois, et faire lire à ceux qui
naîtront dans les autres siècles la protestation que je fais
d'être toute ma vie,

    Madame,

Votre très humble, très obéissant
et très obligé serviteur,
Corneille.

Avertissement
de Corneille[1]

« Avía pocos días antes hecho campo con D. Gómez, conde de Gormaz. Vencióle y dióle la muerte. Lo que resultó de este caso, fué que casó con doña Ximena, hija y heredera del mismo conde. Ella misma requirió al Rey que se le diesse por marido, ca estaba muy prendada de sus partes, o le castigasse conforme a las leyes, por la muerte que dió a su padre. Hízose el casamiento, que a todos estaba a cuento, con el qual por el gran dote de su esposa, que se allegó al estado que el tenia de su padre, se aumentó en poder y riquezas » (MARIANA, Lib. IX de *Historia d'España*, v[e 2]).

Voilà ce qu'a prêté l'histoire à D. Guillen de Castro, qui a mis ce fameux événement sur le théâtre avant moi. Ceux qui entendent l'espagnol y remarqueront deux circonstances : l'une, que Chimène, ne pouvant s'empêcher de reconnaître et d'aimer les belles qualités qu'elle voyait en don Rodrigue, quoiqu'il eût tué son père *(estaba prendada de sus partes)*, alla proposer elle-même au Roi cette généreuse alternative, ou qu'il le lui donnât pour mari, ou qu'il le fît punir suivant les lois ; l'autre, que ce mariage se fit au gré de tout le monde *(a todos estaba a cuento)*. Deux chroniques du Cid ajoutent qu'il fut célébré par l'archevêque de Séville, en présence du Roi et de toute sa cour ; mais je me suis contenté du texte de l'historien, parce que toutes les deux ont quelque chose qui sent le roman et peuvent ne persuader pas davantage que celles que nos Français ont faites de Charlemagne et de Roland. Ce que j'ai rapporté de

Mariana suffit pour faire voir l'état qu'on fit de Chimène et de son mariage dans son siècle même, où elle vécut en un tel éclat que les rois d'Aragon et de Navarre tinrent à honneur d'être ses gendres, en épousant ses deux filles. Quelques-uns ne l'ont pas si bien traitée dans le nôtre : et sans parler de ce qu'on a dit de la Chimène du théâtre, celui qui a composé l'histoire d'Espagne en français l'a notée[1] dans son livre de s'être tôt et aisément consolée de la mort de son père, et a voulu taxer de légèreté une action qui fut imputée à grandeur de courage par ceux qui en furent les témoins. Deux romances espagnols, que je vous donnerai ensuite de cet *Avertissement*, parlent encore plus en sa faveur. Ces sortes de petits poèmes sont comme des originaux décousus de leurs anciennes histoires ; et je serais ingrat envers la mémoire de cette héroïne, si, après l'avoir fait connaître en France et m'y être fait connaître par elle, je ne tâchais de la tirer de la honte qu'on lui a voulu faire, parce qu'elle a passé par mes mains. Je vous donne donc ces pièces justificatives de la réputation où elle a vécu, sans dessein de justifier la façon dont je l'ai fait parler français. Le temps l'a fait pour moi, et les traductions qu'on en a faites en toutes les langues qui servent aujourd'hui à la scène, et chez tous les peuples où l'on voit des théâtres, je veux dire en italien, flamand et anglais, sont d'assez glorieuses apologies contre tout ce qu'on en a dit. Je n'y ajouterai pour toute chose qu'environ une douzaine de vers espagnols, qui semblent faits exprès pour la défendre. Ils sont du même auteur qui l'a traitée avant moi, D. Guillen de Castro, qui, dans une autre comédie qu'il intitule, *Engañarse engañando*[2], fait dire à une princesse de Béarn :

> A mirar   Examinan el valor
> bien el mundo, que el tener   en la muger, yo dixera
> apetitos que vencer,   lo que siento, porque fuera
> y ocasiones que dexar.   luzimiento de mi honor[3]...

Pero malicias fundadas   Y así, la que el desear
en honras mal entendidas   con el resistir apunta,
de tentaciones vencidas   vence dos veces, si junta
hacen culpas declaradas :   con el resistir el callar[1]...

C'est, si je ne me trompe, comme agit Chimène dans mon ouvrage, en présence du Roi et de l'Infante. Je dis en présence du Roi et de l'Infante, parce que, quand elle est seule, ou avec sa confidente, ou avec son amant, c'est une autre chose. Ses mœurs sont inégalement égales, pour parler en termes de notre Aristote, et changent suivant les circonstances des lieux, des personnes, des temps et des occasions, en conservant toujours le même principe.

Au reste, je me sens obligé de désabuser le public de deux erreurs[2] qui s'y sont glissées touchant cette tragédie, et qui semblent avoir été autorisées par mon silence. La première est que j'aie convenu de juges touchant son mérite, et m'en sois rapporté au sentiment de ceux qu'on a priés d'en juger. Je m'en tairais encore, si ce faux bruit n'avait été jusque chez M. de Balzac dans sa province, ou, pour me servir de ses paroles mêmes, dans son désert[3], et si je n'en avais vu depuis peu les marques dans cette admirable lettre[4] qu'il a écrite sur ce sujet, et qui ne fait pas la moindre richesse des deux derniers trésors qu'il nous a donnés. Or comme tout ce qui part de sa plume regarde toute la postérité, maintenant que mon nom est assuré de passer jusqu'à elle dans cette lettre incomparable, il me serait honteux qu'il y passât avec cette tache, et qu'on pût à jamais me reprocher d'avoir compromis de ma réputation. C'est une chose qui jusqu'à présent est sans exemple ; et de tous ceux qui ont été attaqués comme moi, aucun que je sache n'a eu assez de faiblesse pour convenir d'arbitres avec ses censeurs ; et s'ils ont laissé tout le monde dans la liberté publique d'en juger, ainsi que j'ai fait, ç'a été sans s'obliger, non plus que moi, à en croire personne ; outre que dans la conjoncture où étaient lors les affaires du *Cid*, il ne fallait pas être grand devin pour prévoir ce que nous en avons vu arriver. A moins que d'être tout à fait stupide, on ne pouvait pas ignorer que comme les questions de cette nature ne concernent ni la religion ni l'État, on en peut décider par les règles de la prudence humaine, aussi bien que par celles du théâtre, et tourner sans scrupule le sens du bon Aristote du côté de la politique. Ce n'est pas que je sache si ceux qui ont jugé du *Cid* en ont jugé suivant leur sentiment ou non, ni même que je veuille dire qu'ils en aient bien ou mal jugé, mais seulement que ce n'a jamais été de mon consentement qu'ils en ont jugé, et que peut-être je l'aurais justifié sans beaucoup de peine, si la même raison qui les a fait parler ne m'avait obligé à me taire. Aristote ne s'est pas expliqué si clairement dans sa *Poétique* que nous n'en puissions faire ainsi que les philosophes, qui le tirent chacun à leur parti dans leurs opinions contraires ; et comme c'est un pays inconnu pour beaucoup de monde, les plus zélés partisans du *Cid* en ont cru ses censeurs sur leur parole et se sont imaginé avoir pleinement satisfait à toutes leurs objections, quand ils ont soutenu qu'il importait peu qu'il fût selon les règles d'Aristote, et qu'Aristote en avait fait pour son siècle et pour les Grecs, et non pas pour le nôtre et pour des Français.

Cette seconde erreur, que mon silence a affermie, n'est pas moins injurieuse à Aristote qu'à moi. Ce grand homme a traité la poétique avec tant d'adresse et de jugement que les préceptes qu'il nous en a laissés sont de tous les temps et de tous les peuples ; et bien loin de s'amuser au détail des bienséances et des agréments, qui peuvent être divers selon que ces deux circonstances sont diverses, il a été droit aux mouvements de l'âme, dont la nature ne change point. Il a montré quelles pas-

sions la tragédie doit exciter dans celles de ses auditeurs ; il a cherché qu'elles conditions sont nécessaires,
et aux personnes qu'on introduit, et aux événements
qu'on représente, pour les y faire naître ; il en a laissé les
moyens qui auraient produit leur effet partout dès la
création du monde, et qui seront capables de le produire
encore partout, tant qu'il y aura des théâtres et des
acteurs ; et pour le reste, que les lieux et les temps peuvent changer il l'a négligé, et n'a pas même prescrit le
nombre des actes, qui n'a été réglé que par Horace beaucoup après lui.

Et certes, je serais le premier qui condamnerais *Le
Cid*, s'il péchait contre ces grandes et souveraines maximes que nous tenons de ce philosophe ; mais bien loin
d'en demeurer d'accord j'ose dire que cet heureux
poème n'a si extraordinairement réussi que parce qu'on
y voit les deux maîtresses conditions (permettez-moi cet
épithète) que demande ce grand maître aux excellentes
tragédies, et qui se trouvent si rarement assemblées dans
un même ouvrage qu'un des plus doctes commentateurs
de ce divin traité qu'il en a fait soutient que toute l'Antiquité ne les a vues se rencontrer que dans le seul *Œdipe*.
La première est que celui qui souffre et est persécuté ne
soit ni tout méchant ni tout vertueux, mais un homme
plus vertueux que méchant qui, par quelque trait de faiblesse humaine qui ne soit pas un crime, tombe dans un
malheur qu'il ne mérite pas ; l'autre, que la persécution
et le péril ne viennent point d'un ennemi, ni d'un indif-
férent, mais d'une personne qui doive aimer celui qui
souffre et en être aimée. Et voilà, pour en parler saine-
ment, la véritable et seule cause de tout le succès du *Cid*,
en qui l'on ne peut méconnaître ces deux conditions,
sans s'aveugler soi-même pour lui faire injustice.
J'achève donc en m'acquittant de ma parole, et après
vous avoir dit en passant ces deux mots pour le Cid du
théâtre, je vous donne, en faveur de la Chimène de

l'histoire, les deux romances que je vous ai promis.

J'oubliais à vous dire que quantité de mes amis ayant jugé à propos que je rendisse compte au public de ce que j'avais emprunté de l'auteur espagnol dans cet ouvrage, et m'ayant témoigné le souhaiter, j'ai bien voulu leur donner cette satisfaction. Vous trouverez donc tout ce que j'en ai traduit imprimé d'une autre lettre, avec un chiffre au commencement, qui servira de marque de renvoi pour trouver les vers espagnols au bas de la même page. Je garderai ce même ordre dans *La Mort de Pompée* pour les vers de Lucain, ce qui n'empêchera pas que je ne continue aussi ce même changement de lettre toutes les fois que nos acteurs rapportent quelque chose qui s'est dit ailleurs que sur le théâtre, où vous n'imputerez rien qu'à moi si vous n'y voyez ce chiffre pour marque, et le texte d'un autre auteur au-dessous.

Romance premiro

Delante el rey de León
doña Ximena una tarde
se pone a pedir justicia
por la muerte de su padre.

Para contra el Cid la pide,
don Rodrigo de Bivare,
que huérfana la dexó,
niña, y de muy poca edade.

Si tengo razón, o non,
bien, rey, lo alcanzas y sabes.

Si mi padre afrentó al suyo,
bien ha vengado á su padre,
que si honras pagaron muertes,
para su disculpa basten.

Encomendada me tienes,
no consientas que me agravien.
que el que á mi se fiziere.
á tu corona se faze.

— Callades, doña Ximena,
que me dades pena grande,
que yo daré buen remedio
para todos vuestros males.
que los negocios de honra
no pueden disimularse.

Cada día que amanece,
veo al lobo de mi sangre,
caballero en un caballo,
por darme mayor pesare.

Mándale, buen rey, pues puedes
que no me ronde mi calle :
que no se venga en mugeres
el hombre que mucho vale.

Al Cid no le he de ofender,
que es hombre que mucho vale
y me defiende mis reynos,
y quiero que me los guarde.

Pero yo faré un partido
con él, que no os esté male
de tomalle la palabra
para que con vos se case.

Contenta quedó Ximena
con la merced que le faze
que quien huérfana la fizo
aquesse mismo la ampare[1].

Romance segundo

A Ximena y a Rodrigo
prendió el rey palabra y mano
de juntarlos, para en uno
en presencia de Layn Calvo.

Las enemistades viejas
con amor se conformaron,
que donde preside amor
se olvidan muchos agravios...

Llegaron juntos los novios,
y al dar la mano, y abraço,
el Cid mirando a la novia,
le dixo todo turbado :

Maté a tu padre, Ximena,
pero no a desaguisado,
matéle de hombre á hombre,
para vengar cierto agravio.

Maté hombre, y hombre doy
aquí estoy a tu mandado,
y en lugar del muerto padre
cobraste un marido honrado,

A todos pareció bien ;
su discreción alabaron,
y así se hizieron las bodas
de Rodrigo el Castellano[2].

Le Cid

Tragédie

Personnages

DON FERNAND, *premier roi de Castille*

DONA URRAQUE, *infante de Castille*

DON DIÈGUE, *père de don Rodrigue*

DON GOMÈS, *comte de Gormas, père de Chimène*

DON RODRIGUE, *amant de Chimène*

DON SANCHE, *amoureux de Chimène*

DON ARIAS, DON ALONSE, *gentilshommes castillans*

CHIMÈNE, *fille de don Gomès*

LÉONOR, *gouvernante de l'Infante*

ELVIRE, *gouvernante de Chimène*

UN PAGE DE L'INFANTE

La scène est à Séville[1].

Acte I

Scène 1

CHIMÈNE, ELVIRE

CHIMÈNE

Elvire, m'as-tu fait un rapport bien sincère ?
Ne déguises-tu rien de ce qu'a dit mon père ?

ELVIRE

Tous mes sens à moi-même en sont encor charmés :
Il estime Rodrigue autant que vous l'aimez,
Et si je ne m'abuse à lire dans son âme,
Il vous commandera de répondre à sa flamme.

CHIMÈNE

Dis-moi donc, je te prie, une seconde fois
Ce qui te fait juger qu'il approuve mon choix :
Apprends-moi de nouveau quel espoir j'en dois
                                          [prendre ;
10 Un si charmant discours ne se peut trop entendre ;
Tu ne peux trop promettre aux feux de notre amour
La douce liberté de se montrer au jour.
Que t'a-t-il répondu sur la secrète brigue
Que font auprès de toi don Sanche et don Rodrigue ?
N'as-tu point trop fait voir quelle inégalité
Entre ces deux amants me penche d'un côté ?

ELVIRE

Non ; j'ai peint votre cœur dans une indifférence
Qui n'enfle d'aucun d'eux ni[1] détruit l'espérance,
Et sans les voir d'un œil trop sévère ou trop doux,

20 Attend l'ordre d'un père à choisir un époux.
   Ce respect l'a ravi, sa bouche et son visage
   M'en ont donné sur l'heure un digne témoignage,
   Et puisqu'il vous en faut encor faire un récit,
   Voici d'eux et de vous ce qu'en hâte il m'a dit :
   « Elle est dans le devoir ; tous deux sont dignes d'elle,
   Tous deux formés d'un sang noble, vaillant, fidèle,
   Jeunes, mais qui font lire aisément dans leurs yeux
   L'éclatante vertu de leurs braves aïeux.
   Don Rodrigue surtout n'a trait en son visage
30 Qui d'un homme de cœur ne soit la haute image,
   Et sort d'une maison si féconde en guerriers,
   Qu'ils y prennent naissance au milieu des lauriers.
   La valeur de son père, en son temps sans pareille,
   Tant qu'a duré sa force, a passé pour merveille ;
   Ses rides sur son front ont gravé ses exploits,
   Et nous disent encor ce qu'il fut autrefois.
   Je me promets du fils ce que j'ai vu du père ;
   Et ma fille, en un mot, peut l'aimer et me plaire. »
   Il allait au conseil, dont l'heure qui pressait
40 A tranché ce discours qu'à peine il commençait ;
   Mais à ce peu de mots je crois que sa pensée
   Entre vos deux amants n'est pas fort balancée.
   Le Roi doit à son fils élire un gouverneur,
   Et c'est lui que regarde un tel degré d'honneur :
   Ce choix n'est pas douteux, et sa rare vaillance
   Ne peut souffrir qu'on craigne aucune concurrence.
   Comme ses hauts exploits le rendent sans égal,
   Dans un espoir si juste il sera sans rival ;
   Et puisque don Rodrigue a résolu son père
50 Au sortir du conseil à proposer l'affaire,
   Je vous laisse à juger s'il prendra bien son temps,
   Et si tous vos désirs seront bientôt contents.

CHIMÈNE
   Il semble toutefois que mon âme troublée

Refuse cette joie, et s'en trouve accablée :
Un moment donne au sort des visages divers,
Et dans ce grand bonheur je crains un grand revers.

ELVIRE

Vous verrez cette crainte heureusement déçue.

CHIMÈNE

Allons, quoi qu'il en soit, en attendre l'issue.

Scène 2
L'INFANTE, LÉONOR, UN PAGE

L'INFANTE

Page, allez avertir Chimène de ma part
60 Qu'aujourd'hui pour me voir elle attend un peu tard,
Et que mon amitié se plaint de sa paresse.

Le Page rentre[1].

LÉONOR

Madame, chaque jour même désir vous presse ;
Et dans son entretien je vous vois chaque jour
Demander en quel point se trouve son amour.

L'INFANTE

Ce n'est pas sans sujet : je l'ai presque forcée
A recevoir les traits dont son âme est blessée.
Elle aime don Rodrigue, et le tient de ma main,
Et par moi don Rodrigue a vaincu son dédain :
Ainsi de ces amants ayant formé les chaînes,
70 Je dois prendre intérêt à voir finir leurs peines.

LÉONOR

Madame, toutefois parmi leurs bons succès,
Vous montrez un chagrin qui va jusqu'à l'excès.
Cet amour, qui tous deux les comble d'allégresse,

Fait-il de ce grand cœur la profonde tristesse,
Et ce grand intérêt que vous prenez pour eux
Vous rend-il malheureuse alors qu'ils sont heureux ?
Mais je vais trop avant, et deviens indiscrète.

L'INFANTE

Ma tristesse redouble à la tenir secrète.
Écoute, écoute enfin comme j'ai combattu
80 Écoute quels assauts brave encor ma vertu.
L'amour est un tyran qui n'épargne personne :
Ce jeune cavalier, cet amant que je donne,
Je l'aime.

LÉONOR

Vous l'aimez !

L'INFANTE

Mets la main sur mon cœur,
Et vois comme il se trouble au nom de son vainqueur,
Comme il le reconnaît.

LÉONOR

Pardonnez-moi, Madame,
Si je sors du respect pour blâmer cette flamme,
Une grande princesse à ce point s'oublier
Que d'admettre en son cœur un simple cavalier !
Et que dirait le Roi ? que dirait la Castille ?
90 Vous souvient-il encor de qui vous êtes fille ?

L'INFANTE

Il m'en souvient si bien que j'épandrai mon sang
Avant que je m'abaisse à démentir mon rang.
Je te répondrais bien que dans les belles âmes
Le seul mérite a droit de produire des flammes ;
Et si ma passion cherchait à s'excuser,
Mille exemples fameux pourraient l'autoriser ;
Mais je n'en veux point suivre où ma gloire s'engage ;
La surprise des sens n'abat point mon courage ;
Et je me dis toujours qu'étant fille de roi,

100 Tout autre qu'un monarque est indigne de moi.
    Quand je vis que mon cœur ne se pouvait défendre,
    Moi-même je donnai ce que je n'osais prendre.
    Je mis, au lieu de moi, Chimène en ses liens,
    Et j'allumai leurs feux pour éteindre les miens.
    Ne t'étonne donc plus si mon âme gênée
    Avec impatience attend leur hyménée :
    Tu vois que mon repos en dépend aujourd'hui.
    Si l'amour vit d'espoir, il périt avec lui :
    C'est un feu qui s'éteint, faute de nourriture ;
110 Et malgré la rigueur de ma triste aventure,
    Si Chimène a jamais Rodrigue pour mari,
    Mon espérance est morte, et mon esprit guéri.
       Je souffre cependant un tourment incroyable :
    Jusques à cet hymen Rodrigue m'est aimable ;
    Je travaille à le perdre, et le perds à regret ;
    Et de là prend son cours mon déplaisir secret.
    Je vois avec chagrin que l'amour me contraigne
    A pousser des soupirs pour ce que je dédaigne ;
    Je sens en deux partis mon esprit divisé :
120 Si mon courage est haut, mon cœur est embrasé ;
    Cet hymen m'est fatal, je le crains et souhaite :
    Je n'ose en espérer qu'une joie imparfaite.
    Ma gloire et mon amour ont pour moi tant d'appas,
    Que je meurs s'il s'achève ou ne s'achève pas.

LÉONOR

    Madame, après cela je n'ai rien à vous dire,
    Sinon que de vos maux avec vous je soupire :
    Je vous blâmais tantôt, je vous plains à présent ;
    Mais puisque dans un mal si doux et si cuisant
    Votre vertu combat et son charme et sa force,
130 En repousse l'assaut, en rejette l'amorce,
    Elle rendra le calme à vos esprits flottants.
    Espérez donc tout d'elle, et du secours du temps ;
    Espérez tout du ciel : il a trop de justice
    Pour laisser la vertu dans un si long supplice.

L'INFANTE
Ma plus douce espérance est de perdre l'espoir.

LE PAGE
Par vos commandements Chimène vous vient voir.

L'INFANTE, *à Léonor*
Allez l'entretenir en cette galerie.

LÉONOR
Voulez-vous demeurer dedans la rêverie ?

L'INFANTE
Non, je veux seulement, malgré mon déplaisir,
140 Remettre mon visage un peu plus à loisir.
Je vous suis.
    Juste ciel, d'où j'attends mon remède,
Mets enfin quelque borne au mal qui me possède :
Assure mon repos, assure mon honneur.
Dans le bonheur d'autrui je cherche mon bonheur :
Cet hyménée à trois également importe ;
Rends son effet plus prompt, ou mon âme plus forte.
D'un lien conjugal joindre ces deux amants,
C'est briser tous mes fers, et finir mes tourments.
Mais je tarde un peu trop : allons trouver Chimène,
150 Et par son entretien soulager notre peine.

Scène 3

LE COMTE, DON DIÈGUE

LE COMTE
Enfin vous l'emportez, et la faveur du Roi
Vous élève en un rang qui n'était dû qu'à moi :
Il vous fait gouverneur du prince de Castille.

DON DIÈGUE
Cette marque d'honneur qu'il met dans ma famille

Montre à tous qu'il est juste, et fait connaître assez
Qu'il sait récompenser les services passés.

LE COMTE

Pour grands que soient les rois, ils sont ce que nous
[sommes :
Ils peuvent se tromper comme les autres hommes ;
Et ce choix sert de preuve à tous les courtisans
160 Qu'ils savent mal payer les services présents.

DON DIÈGUE

Ne parlons plus d'un choix dont votre esprit s'irrite :
La faveur[1] l'a pu faire autant que le mérite :
Mais on doit ce respect au pouvoir absolu
De n'examiner rien quand un roi l'a voulu.
A l'honneur qu'il m'a fait ajoutez-en un autre ;
Joignons d'un sacré nœud[2] ma maison à la vôtre :
Vous n'avez qu'une fille, et moi je n'ai qu'un fils,
Leur hymen nous peut rendre à jamais plus qu'amis :
Faites-nous cette grâce, et l'acceptez pour gendre.

LE COMTE

170 A des partis plus hauts ce beau fils doit prétendre ;
Et le nouvel éclat de votre dignité
Lui doit enfler le cœur d'une autre vanité.
Exercez-la, Monsieur, et gouvernez le Prince :
Montrez-lui comme il faut régir une province,
Faire trembler partout les peuples sous sa loi,
Remplir les bons d'amour, et les méchants d'effroi.
Joignez à ces vertus celles d'un capitaine :
Montrez-lui comme il faut s'endurcir à la peine,
Dans le métier de Mars[3] se rendre sans égal,
180 Passer les jours entiers et les nuits à cheval,
Reposer tout armé, forcer une muraille,
Et ne devoir qu'à soi le gain d'une bataille.
Instruisez-le d'exemple[4], et rendez-le parfait,
Expliquant à ses yeux vos leçons par l'effet.

DON DIÈGUE

Pour s'instruire d'exemple, en dépit de l'envie,
Il lira seulement l'histoire de ma vie.
    Là, dans un long tissu de belles actions,
Il verra comme il faut dompter des nations,
Attaquer une place, ordonner une armée,
190 Et sur de grands exploits bâtir sa renommée.

LE COMTE

Les exemples vivants sont d'un autre pouvoir ;
Un prince dans un livre apprend mal son devoir.
Et qu'a fait après tout ce grand nombre d'années,
Que ne puisse égaler une de mes journées ?
Si vous fûtes vaillant, je le suis aujourd'hui,
Et ce bras du royaume est le plus ferme appui.
Grenade et l'Aragon[1] tremblent quand ce fer brille ;
Mon nom sert de rempart à toute la Castille :
Sans moi, vous passeriez bientôt sous d'autres lois,
200 Et vous auriez bientôt vos ennemis pour rois.
Chaque jour, chaque instant, pour rehausser ma gloire,
Met lauriers sur lauriers, victoire sur victoire.
Le Prince à mes côtés ferait dans les combats
L'essai de son courage à l'ombre de mon bras ;
Il apprendrait à vaincre en me regardant faire ;
Et pour répondre en hâte à son grand caractère,
Il verrait...

DON DIÈGUE

                Je le sais, vous servez bien le Roi :
Je vous ai vu combattre et commander sous moi.
Quand l'âge dans mes nerfs[2] a fait couler sa glace,
210 Votre rare valeur a bien rempli ma place ;
Enfin, pour épargner les discours superflus,
Vous êtes aujourd'hui ce qu'autrefois je fus.
Vous voyez toutefois qu'en cette concurrence
Un monarque entre nous met quelque différence.

LE COMTE
Ce que je méritais, vous l'avez emporté.

DON DIÈGUE
Qui l'a gagné sur vous l'avait bien mérité.

LE COMTE
Qui peut mieux l'exercer en est bien le plus digne.

DON DIÈGUE
En être refusé n'en est pas un bon signe.

LE COMTE
Vous l'avez eu par brigue, étant vieux courtisan.

DON DIÈGUE
220 L'éclat de mes hauts faits fut mon seul partisan.

LE COMTE
Parlons-en mieux, le Roi fait honneur à votre âge.

DON DIÈGUE
Le Roi, quand il en fait, le mesure au courage.

LE COMTE
Et par là cet honneur n'était dû qu'à mon bras.

DON DIÈGUE
Qui n'a pu l'obtenir ne le méritait pas.

LE COMTE
Ne le méritait pas ! Moi ?

DON DIÈGUE
                              Vous

LE COMTE
                                    Ton impudence,
Téméraire vieillard, aura sa récompense.

Il lui donne un soufflet.

DON DIÈGUE, *mettant l'épée à la main*
Achève, et prends ma vie après un tel affront,
Le premier dont ma race ait vu rougir son front.

LE COMTE
    Et que penses-tu faire avec tant de faiblesse ?

DON DIÈGUE
    230 Ô Dieu ! ma force usée en ce besoin me laisse !

LE COMTE
    Ton épée est à moi ; mais tu serais trop vain,
    Si ce honteux trophée avait chargé ma main[1].
        Adieu : fais lire au Prince, en dépit de l'envie,
    Pour son instruction, l'histoire de ta vie :
    D'un insolent discours ce juste châtiment
    Ne lui servira pas d'un petit ornement.

Scène 4

DON DIÈGUE

    Ô rage ! ô désespoir ! ô vieillesse ennemie !
    N'ai-je donc tant vécu que pour cette infamie[2] ?
    Et ne suis-je blanchi dans les travaux guerriers
    240 Que pour voir en un jour flétrir tant de lauriers ?
    Mon bras qu'avec respect toute l'Espagne admire,
    Mon bras, qui tant de fois a sauvé cet empire,
    Tant de fois affermi le trône de son roi,
    Trahit donc ma querelle et ne fait rien pour moi ?
    Ô cruel souvenir de ma gloire passée !
    Œuvre de tant de jours en un jour effacée !
    Nouvelle dignité, fatale à mon bonheur !
    Précipice élevé d'où tombe mon honneur !
    Faut-il de votre éclat voir triompher le Comte,
    250 Et mourir sans vengeance, ou vivre dans la honte ?
    Comte, sois de mon prince à présent gouverneur :
    Ce haut rang n'admet point un homme sans honneur ;
    Et ton jaloux orgueil, par cet affront insigne,

Jean Davy (don Gormaz), André Falcon (Rodrigue).
(Comédie-Française, 1955.)

Malgré le choix du Roi, m'en a su rendre indigne.
Et toi, de mes exploits glorieux instrument,
Mais d'un corps tout de glace inutile ornement,
Fer[1], jadis tant à craindre, et qui, dans cette offense,
M'as servi de parade, et non pas de défense,
Va, quitte désormais le dernier des humains,
260 Passe, pour me venger, en de meilleures mains.

Scène 5

DON DIÈGUE, DON RODRIGUE

DON DIÈGUE
  Rodrigue, as-tu du cœur[2] ?

DON RODRIGUE
                  Tout autre que mon père
L'éprouverait sur l'heure.

DON DIÈGUE
              Agréable colère !
Digne ressentiment à ma douleur bien doux !
Je reconnais mon sang à ce noble courroux ;
Ma jeunesse revit en cette ardeur si prompte.
Viens, mon fils, viens, mon sang, viens réparer ma
Viens me venger.   [honte ;

DON RODRIGUE
         De quoi ?

DON DIÈGUE
              D'un affront si cruel,
Qu'à l'honneur de tous deux il porte un coup mortel :
D'un soufflet. L'insolent en eût perdu la vie ;
270 Mais mon âge a trompé ma généreuse envie :
Et ce fer que mon bras ne peut plus soutenir,

Je le remets au tien pour venger et punir.
      Va contre un arrogant éprouver ton courage :
Ce n'est que dans le sang qu'on lave un tel outrage ;
Meurs ou tue. Au surplus, pour ne te point flatter,
Je te donne à combattre un homme à redouter :
Je l'ai vu, tout couvert de sang et de poussière,
Porter partout l'effroi dans une armée entière.
J'ai vu par sa valeur cent escadrons rompus ;
280 Et pour t'en dire encor quelque chose de plus,
Plus que brave soldat, plus que grand capitaine,
C'est...

DON RODRIGUE
        De grâce, achevez.

DON DIÈGUE
                                Le père de Chimène.

DON RODRIGUE
Le...

DON DIÈGUE
      Ne réplique point, je connais ton amour ;
Mais qui peut vivre infâme est indigne du jour.
Plus l'offenseur est cher, et plus grande est l'offense.
Enfin tu sais l'affront, et tu tiens la vengeance :
Je ne te dis plus rien. Venge moi, venge-toi ;
Montre-toi digne fils d'un père tel que moi.
Accablé des malheurs où le destin me range,
290 Je vais les déplorer : va, cours, vole, et nous venge.

Scène 6

DON RODRIGUE

      Percé jusques au fond du cœur
D'une atteinte imprévue aussi bien que mortelle,

Misérable vengeur d'une juste querelle,
Et malheureux objet d'une injuste rigueur,
Je demeure immobile, et mon âme abattue
   Cède au coup qui me tue.
 Si près de voir mon feu récompensé,
  Ô Dieu, l'étrange peine !
 En cet affront mon père est l'offensé,
300 Et l'offenseur le père de Chimène !

  Que je sens de rudes combats !
 Contre mon propre honneur mon amour s'intéresse :
Il faut venger un père, et perdre une maîtresse :
L'un m'anime le cœur, l'autre retient mon bras.
Réduit au triste choix ou de trahir ma flamme,
   Ou de vivre en infâme,
 Des deux côtés mon mal est infini.
  Ô Dieu, l'étrange peine !
 Faut-il laisser un affront impuni ?
310 Faut-il punir le père de Chimène ?

  Père, maîtresse, honneur, amour,
Noble et dure contrainte, aimable tyrannie,
Tous mes plaisirs sont morts, ou ma gloire ternie.
L'un me rend malheureux, l'autre indigne du jour.
Cher et cruel espoir d'une âme généreuse,
   Mais ensemble amoureuse,
 Digne ennemi de mon plus grand bonheur,
  Fer qui causes ma peine,
 M'es-tu donné pour venger mon honneur ?
320 M'es-tu donné pour perdre ma Chimène ?

  Il vaut mieux courir au trépas.
Je dois à ma maîtresse aussi bien qu'à mon père :
J'attire en me vengeant sa haine et sa colère[1].
J'attire ses mépris en ne me vengeant pas.
À mon plus doux espoir l'un me rend infidèle,

Et l'autre, indigne d'elle.
Mon mal augmente à le vouloir guérir,
    Tout redouble ma peine.
Allons, mon âme ; et puisqu'il faut mourir,
330   Mourons du moins sans offenser Chimène.

    Mourir sans tirer ma raison !
Rechercher un trépas si mortel à ma gloire!
Endurer que l'Espagne impute à ma mémoire
D'avoir mal soutenu l'honneur de ma maison !
Respecter un amour dont mon âme égarée
    Voit la perte assurée !
N'écoutons plus ce penser suborneur,
    Qui ne sert qu'à ma peine.
Allons, mon bras, sauvons du moins l'honneur,
340 Puisqu'après tout il faut perdre Chimène.

    Oui, mon esprit s'était déçu.
Je dois tout à mon père avant qu'à ma maîtresse.
Que je meure au combat, ou meure de tristesse,
Je rendrai mon sang pur comme je l'ai reçu.
Je m'accuse déjà de trop de négligence :
    Courons à la vengeance ;
Et tout honteux d'avoir tant balancé,
    Ne soyons plus en peine,
Puisqu'aujourd'hui mon père est l'offensé,
350   Si l'offenseur est père de Chimène.

Acte II

Scène 1

DON ARIAS, LE COMTE

LE COMTE

    Je l'avoue entre nous, mon sang un peu trop chaud
    S'est trop ému d'un mot, et l'a porté trop haut[1].
    Mais puisque c'en est fait, le coup est sans remède.

DON ARIAS

    Qu'aux volontés du Roi ce grand courage cède :
    Il y prend grande part, et son cœur irrité
    Agira contre vous de pleine autorité.
    Aussi, vous n'avez point de valable défense :
    Le rang de l'offensé, la grandeur de l'offense
    Demandent des devoirs et des submissions[2].
360   Qui passent le commun des satisfactions[3].

LE COMTE

    Le Roi peut à son gré disposer de ma vie.

DON ARIAS

    De trop d'emportement votre faute est suivie.
    Le Roi vous aime encore ; apaisez son courroux.
    Il a dit : « Je le veux » ; désobéirez-vous ?

LE COMTE

    Monsieur, pour conserver tout ce que j'ai d'estime,
    Désobéir un peu n'est pas un si grand crime ;
    Et quelque grand qu'il soit, mes services présents
    Pour le faire abolir[4] sont plus que suffisants.

DON ARIAS

Quoi qu'on fasse d'illustre et de considérable,
370 Jamais à son sujet un roi n'est redevable.
Vous vous flattez beaucoup, et vous devez savoir
Que qui sert bien son roi ne fait que son devoir.
Vous vous perdrez, Monsieur, sur cette confiance.

LE COMTE

Je ne vous en croirai qu'après l'expérience.

DON ARIAS

Vous devez redouter la puissance d'un roi.

LE COMTE

Un jour seul ne perd pas un homme tel que moi.
Que toute sa grandeur s'arme pour mon supplice,
Tout l'État périra, s'il faut que je périsse.

DON ARIAS

Quoi ! vous craignez si peu le pouvoir souverain...

LE COMTE

380 D'un sceptre qui sans moi tomberait de sa main.
Il a trop d'intérêt lui-même en ma personne,
Et ma tête en tombant ferait choir sa couronne.

DON ARIAS

Souffrez que la raison remette vos esprits.
Prenez un bon conseil.

LE COMTE

               Le conseil en est pris.

DON ARIAS

Que lui dirai-je enfin ? je lui dois rendre conte[1].

LE COMTE

Que je ne puis du tout consentir à ma honte.

DON ARIAS

Mais songez que les rois veulent être absolus.

LE COMTE

Le sort en est jeté, Monsieur, n'en parlons plus.

DON ARIAS

Adieu donc, puisqu'en vain je tâche à vous résoudre :
390 Avec tous vos lauriers, craignez encor le foudre.

LE COMTE

Je l'attendrai sans peur.

DON ARIAS

Mais non pas sans effet.

LE COMTE

Nous verrons donc par là don Diègue satisfait.

Il est seul.

Qui ne craint point la mort ne craint point les
                                                    [menaces.
J'ai le cœur au-dessus des plus fières disgrâces ;
Et l'on peut me réduire à vivre sans bonheur,
Mais non pas me résoudre à vivre sans honneur.

Scène 2

LE COMTE, DON RODRIGUE

DON RODRIGUE

A moi, Comte, deux mots.

LE COMTE

Parle.

DON RODRIGUE

Ôte-moi d'un doute.

Connais-tu bien don Diègue ?

LE COMTE

Oui.

DON RODRIGUE

Parlons bas ; écoute.
Sais-tu que ce vieillard fut la même vertu,

400 La vaillance et l'honneur de son temps ? le sais-tu ?

LE COMTE
Peut-être.

DON RODRIGUE
            Cette ardeur que dans les yeux je porte,
Sais-tu que c'est son sang ? le sais-tu ?

LE COMTE
                                    Que m'importe ?

DON RODRIGUE
À quatre pas d'ici je te le fais savoir.

LE COMTE
Jeune présomptueux !

DON RODRIGUE
                    Parle sans t'émouvoir.
Je suis jeune, il est vrai ; mais aux âmes bien nées
La valeur n'attend point le nombre des années.

LE COMTE
Te mesurer à moi ! qui t'a rendu si vain,
Toi qu'on n'a jamais vu les armes à la main ?

DON RODRIGUE
Mes pareils à deux fois ne se font point connaître,
410 Et pour leurs coups d'essai veulent des coups de
                                        [maître.

LE COMTE
Sais-tu bien qui je suis ?

DON RODRIGUE
                        Oui ; tout autre que moi
Au seul bruit[1] de ton nom pourrait trembler d'effroi.
Les palmes[2] dont je vois ta tête si couverte
Semblent porter écrit le destin de ma perte.
J'attaque en téméraire un bras toujours vainqueur ;
Mais j'aurai trop de force, ayant assez de cœur.
À qui venge son père il n'est rien impossible.

Ton bras est invaincu, mais non pas invincible.

LE COMTE

Ce grand cœur qui paraît aux discours que tu tiens,
420 Par tes yeux, chaque jour, se découvrait aux miens ;
Et croyant voir en toi l'honneur de la Castille,
Mon âme avec plaisir te destinait ma fille.
Je sais ta passion, et suis ravi de voir
Que tous ses mouvements cèdent à ton devoir ;
Qu'ils n'ont point affaibli cette ardeur magnanime ;
Que ta haute vertu répond à mon estime ;
Et que voulant pour gendre un cavalier parfait,
Je ne me trompais point au choix que j'avais fait ;
Mais je sens que pour toi ma pitié s'intéresse ;
430 J'admire ton courage, et je plains ta jeunesse.
Ne cherche point à faire un coup d'essai fatal ;
Dispense ma valeur d'un combat inégal ;
Trop peu d'honneur pour moi suivrait cette victoire :
À vaincre sans péril, on triomphe sans gloire.
On te croirait toujours abattu sans effort ;
Et j'aurais seulement le regret de ta mort.

DON RODRIGUE

D'une indigne pitié ton audace est suivie :
Qui m'ose ôter l'honneur craint de m'ôter la vie ?

LE COMTE

Retire-toi d'ici.

DON RODRIGUE

            Marchons sans discourir.

LE COMTE

Es-tu si las de vivre ?

DON RODRIGUE

440   As-tu peur de mourir ?

LE COMTE

Viens, tu fais ton devoir, et le fils dégénère
Qui survit un moment à l'honneur de son père.

Scène 3

L'INFANTE, CHIMÈNE, LÉONOR

L'INFANTE

Apaise, ma Chimène, apaise ta douleur :
Fais agir ta constance en ce coup de malheur.
Tu reverras le calme après ce faible orage ;
Ton bonheur n'est couvert que d'un peu de nuage,
Et tu n'as rien perdu pour le voir différer.

CHIMÈNE

Mon cœur outré d'ennuis n'ose rien espérer.
Un orage si prompt qui trouble une bonace[1]
450 D'un naufrage certain nous porte la menace :
Je n'en saurais douter, je péris dans le port.
J'aimais, j'étais aimée, et nos pères d'accord ;
Et je vous en contais la charmante nouvelle,
Au malheureux moment que naissait leur querelle,
Dont le récit fatal, sitôt qu'on vous l'a fait,
D'une si douce attente a ruiné l'effet.
    Maudite ambition, détestable manie,
Dont les plus généreux souffrent la tyrannie !
Honneur impitoyable à mes plus chers désirs,
460 Que tu vas me coûter de pleurs et de soupirs !

L'INFANTE

Tu n'as dans leur querelle aucun sujet de craindre :
Un moment l'a fait naître, un moment va l'éteindre.
Elle a fait trop de bruit pour ne pas s'accorder,
Puisque déjà le Roi les veut accommoder ;
Et tu sais que mon âme, à tes ennuis sensible,
Pour en tarir la source y fera l'impossible.

CHIMÈNE

Les accommodements ne font rien en ce point ;

De si mortels affronts ne se réparent point.
En vain on fait agir la force ou la prudence :
470 Si l'on guérit le mal, ce n'est qu'en apparence.
La haine que les cœurs conservent au-dedans
Nourrit des feux cachés, mais d'autant plus ardents.

L'INFANTE

Le saint nœud qui joindra don Rodrigue et Chimène
Des pères ennemis dissipera la haine ;
Et nous verrons bientôt votre amour le plus fort
Par un heureux hymen étouffer ce discord.

CHIMÈNE

Je le souhaite ainsi plus que je ne l'espère :
Don Diègue est trop altier et je connais mon père.
Je sens couler des pleurs que je veux retenir ;
480 Le passé me tourmente, et je crains l'avenir.

L'INFANTE

Que crains-tu ? d'un vieillard l'impuissante faiblesse !

CHIMÈNE

Rodrigue a du courage.

L'INFANTE

                              Il a trop de jeunesse.

CHIMÈNE

Les hommes valeureux le sont du premier coup.

L'INFANTE

Tu ne dois pas pourtant le redouter beaucoup :
Il est trop amoureux pour te vouloir déplaire,
Et deux mots de ta bouche arrêtent sa colère.

CHIMÈNE

S'il ne m'obéit point, quel comble à mon ennui !
Et s'il peut m'obéir, que dira-t-on de lui ?
Étant né ce qu'il est, souffrir un tel outrage !
490 Soit qu'il cède ou résiste au feu qui me l'engage,
Mon esprit ne peut qu'être ou honteux ou confus,
De son trop de respect, ou d'un juste refus.

L'INFANTE

Chimène a l'âme haute, et quoiqu'intéressée,
Elle ne peut souffrir une basse pensée ;
Mais si jusques au jour de l'accommodement
Je fais mon prisonnier de ce parfait amant
Et que j'empêche ainsi l'effet de son courage,
Ton esprit amoureux n'aura-t-il point d'ombrage ?

CHIMÈNE

Ah ! Madame, en ce cas je n'ai plus de souci.

Scène 4
L'INFANTE, CHIMÈNE,
LÉONOR, LE PAGE

L'INFANTE

500 Page, cherchez Rodrigue, et l'amenez ici.

LE PAGE

Le comte de Gormas et lui...

CHIMÈNE

                              Bon Dieu ! je tremble.

L'INFANTE

Parlez.

LE PAGE

            De ce palais ils sont sortis ensemble.

CHIMÈNE

Seuls ?

LE PAGE

            Seuls, et qui semblaient tout bas se quereller.

CHIMÈNE

Sans doute ils sont aux mains, il n'en faut plus parler.
Madame, pardonnez à cette promptitude.

Scène 5

L'INFANTE, LÉONOR

L'INFANTE

Hélas ! que dans l'esprit je sens d'inquiétude !
Je pleure ses malheurs, son amant me ravit ;
Mon repos m'abandonne, et ma flamme revit.
Ce qui va séparer Rodrigue de Chimène
510 Fait renaître à la fois mon espoir et ma peine ;
Et leur division, que je vois à regret,
Dans mon esprit charmé jette un plaisir secret.

LÉONOR

Cette haute vertu qui règne dans votre âme
Se rend-elle sitôt à cette lâche flamme ?

L'INFANTE

Ne la nomme point lâche, à présent que chez moi
Pompeuse et triomphante elle me fait la loi :
Porte-lui du respect, puisqu'elle m'est si chère.
Ma vertu la combat, mais malgré moi j'espère ;
Et d'un si fol espoir mon cœur mal défendu
520 Vole après un amant que Chimène a perdu.

LÉONOR

Vous laissez choir ainsi ce glorieux courage,
Et la raison chez vous perd ainsi son usage ?

L'INFANTE

Ah ! qu'avec peu d'effet on entend la raison,
Quand le cœur est atteint d'un si charmant poison !
Et lorsque le malade aime sa maladie,
Qu'il a peine à souffrir que l'on y remédie !

LÉONOR

Votre espoir vous séduit, votre mal vous est doux ;
Mais enfin ce Rodrigue est indigne de vous.

L'INFANTE

Je ne le sais que trop ; mais si ma vertu cède,
530 Apprends comme l'amour flatte un cœur qu'il possède.
Si Rodrigue une fois sort vainqueur du combat,
Si dessous sa valeur ce grand guerrier s'abat,
Je puis en faire cas, je puis l'aimer sans honte.
Que ne fera-t-il point, s'il peut vaincre le Comte ?
J'ose m'imaginer qu'à ses moindres exploits
Les royaumes entiers tomberont sous ses lois ;
Et mon amour flatteur déjà me persuade
Que je le vois assis au trône de Grenade,
Les Mores subjugués trembler en l'adorant,
540 L'Aragon recevoir ce nouveau conquérant,
Le Portugal se rendre, et ses nobles journées
Porter delà les mers ses hautes destinées,
Du sang des Africains arroser ses lauriers :
Enfin tout ce qu'on dit des plus fameux guerriers,
Je l'attends de Rodrigue après cette victoire,
Et fais de son amour un sujet de ma gloire.

LÉONOR

Mais, Madame, voyez où vous portez son bras,
Ensuite d'un combat qui peut-être n'est pas.

L'INFANTE

Rodrigue est offensé ; le Comte a fait l'outrage ;
550 Ils sont sortis ensemble : en faut-il davantage ?

LÉONOR

Eh bien ! ils se battront, puisque vous le voulez ;
Mais Rodrigue ira-t-il si loin que vous allez ?

L'INFANTE

Que veux-tu ? je suis folle, et mon esprit s'égare :
Tu vois par là quels maux cet amour me prépare.
Viens dans mon cabinet consoler mes ennuis,
Et ne me quitte point dans le trouble où je suis.

Scène 6

DON FERNAND, DON ARIAS, DON SANCHE

DON FERNAND

    Le Comte est donc si vain et si peu raisonnable !
    Ose-t-il croire encor son crime pardonnable[1] ?

DON ARIAS

    Je l'ai de votre part longtemps entretenu ;
560 J'ai fait mon pouvoir, Sire, et n'ai rien obtenu.

DON FERNAND

    Justes cieux ! ainsi donc un sujet téméraire
    A si peu de respect et de soin de me plaire !
    Il offense don Diègue, et méprise son roi !
    Au milieu de ma cour il me donne la loi !
    Qu'il soit brave guerrier, qu'il soit grand capitaine,
    Je saurai bien rabattre une humeur si hautaine.
    Fût-il la valeur même, et le dieu des combats,
    Il verra ce que c'est que de n'obéir pas.
    Quoi qu'ait pu mériter une telle insolence,
570 Je l'ai voulu d'abord traiter sans violence ;
    Mais puisqu'il en abuse, allez dès aujourd'hui,
    Soit qu'il résiste ou non, vous assurer de lui.

DON SANCHE

    Peut-être un peu de temps le rendrait moins rebelle :
    On l'a pris tout bouillant encor de sa querelle ;
    Sire, dans la chaleur d'un premier mouvement,
    Un cœur si généreux se rend malaisément.
    Il voit bien qu'il a tort, mais une âme si haute
    N'est pas sitôt réduite à confesser sa faute.

DON FERNAND

    Don Sanche, taisez-vous, et soyez averti
580 Qu'on se rend criminel à prendre son parti.

DON SANCHE

J'obéis, et me tais ; mais de grâce encor, Sire,
Deux mots en sa défense.

DON FERNAND

Et que pouvez-vous dire ?

DON SANCHE

Qu'une âme accoutumée aux grandes actions
Ne se peut abaisser à des submissions :
Elle n'en conçoit point qui s'expliquent sans honte ;
Et c'est à ce mot seul qu'a résisté le Comte.
Il trouve en son devoir un peu trop de rigueur,
Et vous obéirait, s'il avait moins de cœur.
Commandez que son bras, nourri dans les alarmes,
590 Répare cette injure à la pointe des armes ;
Il satisfera, Sire ; et vienne qui voudra,
Attendant qu'il l'ait su, voici qui répondra.

DON FERNAND

Vous perdez le respect ; mais je pardonne à l'âge,
Et j'excuse l'ardeur en un jeune courage.
Un roi dont la prudence a de meilleurs objets
Est meilleur ménager du sang de ses sujets :
Je veille pour les miens, mes soucis les conservent,
Comme le chef a soin des membres qui le servent.
Ainsi votre raison n'est pas raison pour moi :
600 Vous parlez en soldat ; je dois agir en roi ;
Et quoi qu'on veuille dire, et quoi qu'il ose croire,
Le Comte à m'obéir ne peut perdre sa gloire.
D'ailleurs l'affront me touche : il a perdu d'honneur
Celui que de mon fils j'ai fait le gouverneur ;
S'attaquer à mon choix, c'est se prendre à moi-même,
Et faire un attentat sur le pouvoir suprême.
N'en parlons plus. Au reste, on a vu dix vaisseaux
De nos vieux ennemis arborer les drapeaux ;
Vers la bouche du fleuve ils ont osé paraître.

DON ARIAS

610 Les Mores ont appris par force à vous connaître,
Et tant de fois vaincus, ils ont perdu le cœur
De se plus hasarder contre un si grand vainqueur.

DON FERNAND

Ils ne verront jamais sans quelque jalousie
Mon sceptre, en dépit d'eux, régir l'Andalousie ;
Et ce pays si beau, qu'ils ont trop possédé,
Avec un œil d'envie est toujours regardé.
C'est l'unique raison qui m'a fait dans Séville[1]
Placer depuis dix ans le trône de Castille,
Pour les voir de plus près, et d'un ordre plus prompt
620 Renverser aussitôt ce qu'ils entreprendront.

DON ARIAS

Ils savent aux dépens de leurs plus dignes têtes
Combien votre présence assure vos conquêtes :
Vous n'avez rien à craindre.

DON FERNAND

                              Et rien à négliger :
Le trop de confiance attire le danger ;
Et vous n'ignorez pas qu'avec fort peu de peine
Un flux de pleine mer jusqu'ici les amène.
Toutefois j'aurais tort de jeter dans les cœurs,
L'avis étant mal sûr, de paniques terreurs.
L'effet que produirait cette alarme inutile,
630 Dans la nuit qui survient troublerait trop la ville :
Faites doubler la garde aux murs et sur le port.
C'est assez pour ce soir.

Scène 7

DON FERNAND, DON SANCHE, DON ALONSE

DON ALONSE

                Sire, le Comte est mort.
Don Diègue, par son fils, a vengé son offense.

DON FERNAND

Dès que j'ai su l'affront, j'ai prévu la vengeance ;
Et j'ai voulu dès lors prévenir ce malheur.

DON ALONSE

Chimène à vos genoux apporte sa douleur ;
Elle vient tout en pleurs vous demander justice.

DON FERNAND

Bien qu'à ses déplaisirs[1] mon âme compatisse,
Ce que le Comte a fait semble avoir mérité
640 Ce digne châtiment de sa témérité.
Quelque juste pourtant que puisse être sa peine,
Je ne puis sans regret perdre un tel capitaine.
Après un long service à mon État rendu,
Après son sang pour moi mille fois répandu,
A quelques sentiments que son orgueil m'oblige,
Sa perte m'affaiblit, et son trépas m'afflige.

Scène 8

DON FERNAND, DON DIÈGUE, CHIMÈNE, DON SANCHE, DON ARIAS, DON ALONSE

CHIMÈNE
Sire, Sire, justice !

DON DIÈGUE
Ah ! Sire, écoutez-nous.

CHIMÈNE
Je me jette à vos pieds.

DON DIÈGUE
J'embrasse vos genoux.

CHIMÈNE
Je demande justice.

DON DIÈGUE
Entendez ma défense.

CHIMÈNE
630 D'un jeune audacieux punissez l'insolence :
Il a de votre sceptre abattu le soutien,
Il a tué mon père.

DON DIÈGUE
Il a vengé le sien.

CHIMÈNE
Au sang de ses sujets un roi doit la justice.

DON DIÈGUE
Pour la juste vengeance il n'est point de supplice.

DON FERNAND
Levez-vous l'un et l'autre, et parlez à loisir.
Chimène, je prends part à votre déplaisir ;
D'une égale douleur je sens mon âme atteinte.
Vous parlerez après ; ne troublez pas sa plainte.

CHIMÈNE

Sire, mon père est mort ; mes yeux ont vu son sang
660 Couler à gros bouillons de son généreux flanc ;
Ce sang qui tant de fois garantit vos murailles,
Ce sang qui tant de fois vous gagna des batailles,
Ce sang qui tout sorti fume encor de courroux
De se voir répandu pour d'autres que pour vous,
Qu'au milieu des hasards n'osait verser la guerre,
Rodrigue en votre cour vient d'en couvrir la terre.
J'ai couru sur le lieu, sans force et sans couleur :
Je l'ai trouvé sans vie. Excusez ma douleur,
Sire, la voix me manque à ce récit funeste ;
670 Mes pleurs et mes soupirs vous diront mieux le reste.

DON FERNAND

Prends courage, ma fille, et sache qu'aujourd'hui
Ton roi te veut servir de père au lieu de lui.

CHIMÈNE

Sire, de trop d'honneur ma misère est suivie.
Je vous l'ai déjà dit, je l'ai trouvé sans vie ;
Son flanc était ouvert ; et pour mieux m'émouvoir,
Son sang sur la poussière écrivait mon devoir ;
Ou plutôt sa valeur en cet état réduite
Me parlait par sa plaie, et hâtait ma poursuite[1] ;
Et pour se faire entendre au plus juste des rois,
680 Par cette triste bouche elle empruntait ma voix.
Sire, ne souffrez pas que sous votre puissance
Règne devant vos yeux une telle licence ;
Que les plus valeureux, avec impunité,
Soient exposés aux coups de la témérité ;
Qu'un jeune audacieux triomphe de leur gloire,
Se baigne dans leur sang, et brave leur mémoire.
Un si vaillant guerrier qu'on vient de vous ravir
Éteint, s'il n'est vengé, l'ardeur de vous servir.
Enfin mon père est mort, j'en demande vengeance,
690 Plus pour votre intérêt que pour mon allégeance.

Jacques Destoop (Rodrigue), Claude Winter (Chimène).
(Comédie-Française, 1963.)

Vous perdez en la mort d'un homme de son rang :
Vengez-la par une autre, et le sang par le sang.
Immolez, non à moi, mais à votre couronne,
Mais à votre grandeur, mais à votre personne ;
Immolez, dis-je, Sire, au bien de tout l'État
Tout ce qu'enorgueillit un si haut attentat.

DON FERNAND
Don Diègue, répondez.

DON DIÈGUE
                    Qu'on est digne d'envie
Lorsqu'en perdant la force on perd aussi la vie,
Et qu'un long âge apprête aux hommes généreux,
700 Au bout de leur carrière, un destin malheureux !
Moi, dont les longs travaux ont acquis tant de gloire,
Moi, que jadis partout a suivi la victoire,
Je me vois aujourd'hui, pour avoir trop vécu,
Recevoir un affront et demeurer vaincu.
Ce que n'a pu jamais combat, siège, embuscade,
Ce que n'a pu jamais Aragon ni Grenade,
Ni tous vos ennemis, ni tous mes envieux,
Le Comte en votre cour l'a fait presque à vos yeux,
Jaloux de votre choix, et fier de l'avantage
710 Que lui donnait sur moi l'impuissance de l'âge.
    Sire, ainsi ces cheveux blanchis sous le harnois,
Ce sang pour vous servir prodigué tant de fois,
Ce bras, jadis l'effroi d'une armée ennemie,
Descendaient au tombeau tout chargés d'infamie,
Si je n'eusse produit un fils digne de moi,
Digne de son pays et digne de son roi.
Il m'a prêté sa main, il a tué le Comte ;
Il m'a rendu l'honneur, il a lavé ma honte.
Si montrer du courage et du ressentiment,
720 Si venger un soufflet mérite un châtiment,
Sur moi seul doit tomber l'éclat de la tempête :
Quand le bras a failli, l'on en punit la tête.

Qu'on nomme crime, ou non, ce qui fait nos débats,
Sire, j'en suis la tête, il n'en est que le bras.
Si Chimène se plaint qu'il a tué son père,
Il ne l'eût jamais fait si je l'eusse pu faire.
Immolez donc ce chef que les ans vont ravir,
Et conservez pour vous le bras qui peut servir.
Aux dépens de mon sang satisfaites Chimène :
730 Je n'y résiste point, je consens à ma peine ;
Et loin de murmurer d'un rigoureux décret,
Mourant sans déshonneur, je mourrai sans regret.

DON FERNAND

L'affaire est d'importance, et, bien considérée,
Mérite en plein conseil d'être délibérée.
  Don Sanche, remettez Chimène en sa maison.
Don Diègue aura ma cour et sa foi pour prison.
Qu'on me cherche son fils. Je vous ferai justice.

CHIMÈNE

Il est juste, grand Roi, qu'un meurtrier périsse.

DON FERNAND

Prends du repos, ma fille, et calme tes douleurs.

CHIMÈNE

740 M'ordonner du repos, c'est croître mes malheurs.

Acte III

Scène 1

DON RODRIGUE, ELVIRE

ELVIRE

Rodrigue, qu'as-tu fait? où viens-tu, misérable[1]?

DON RODRIGUE

Suivre le triste cours de mon sort déplorable.

ELVIRE

Où prends-tu cette audace et ce nouvel orgueil,
De paraître en des lieux que tu remplis de deuil?
Quoi? viens-tu jusqu'ici braver l'ombre du Comte?
Ne l'as-tu pas tué?

DON RODRIGUE

     Sa vie était ma honte:
Mon honneur de ma main a voulu cet effort.

ELVIRE

Mais chercher ton asile en la maison du mort!
Jamais un meurtrier en fit-il son refuge?

DON RODRIGUE

750 Et je n'y viens aussi que m'offrir à mon juge.
Ne me regarde plus d'un visage étonné;
Je cherche le trépas après l'avoir donné.
Mon juge est mon amour, mon juge est ma Chimène:
Je mérite la mort de mériter sa haine,

Et j'en viens recevoir comme un bien souverain,
Et l'arrêt de sa bouche, et le coup de sa main.

ELVIRE

Fuis plutôt de ses yeux, fuis de sa violence ;
À ses premiers transports dérobe ta présence :
Va, ne t'expose point aux premiers mouvements
760 Que poussera l'ardeur de ses ressentiments.

DON RODRIGUE

Non, non, ce cher objet à qui j'ai pu déplaire
Ne peut pour mon supplice avoir trop de colère
Et j'évite cent morts qui me vont accabler,
Si pour mourir plus tôt je puis la redoubler.

ELVIRE

Chimène est au palais, de pleurs toute baignée,
Et n'en reviendra point que bien accompagnée.
Rodrigue, fuis, de grâce : ôte-moi de souci.
Que ne dira-t-on point si l'on te voit ici ?
Veux-tu qu'un médisant, pour comble à sa misère,
770 L'accuse d'y souffrir l'assassin de son père ?
Elle va revenir ; elle vient ; je la voi :
Du moins, pour son honneur, Rodrigue, cache-toi.

Scène 2

DON SANCHE, CHIMÈNE, ELVIRE

DON SANCHE

Oui, Madame, il vous faut de sanglantes victimes :
Votre colère est juste, et vos pleurs légitimes,
Et je n'entreprends pas, à force de parler,
Ni de vous adoucir, ni de vous consoler,
Mais si de vous servir je puis être capable,
Employez mon épée à punir le coupable ;

Employez mon amour à venger cette mort :
780 Sous vos commandements mon bras sera trop fort.

CHIMÈNE

Malheureuse !

DON SANCHE

De grâce, acceptez mon service.

CHIMÈNE

J'offenserais le Roi, qui m'a promis justice.

DON SANCHE

Vous savez qu'elle marche avec tant de langueur,
Qu'assez souvent le crime échappe à sa longueur ;
Son cours lent et douteux fait trop perdre de larmes.
Souffrez qu'un cavalier[1] vous venge par les armes :
La voie en est plus sûre, et plus prompte à punir.

CHIMÈNE

C'est le dernier remède ; et s'il y faut venir,
Et que de mes malheurs cette pitié vous dure,
790 Vous serez libre alors de venger mon injure.

DON SANCHE

C'est l'unique bonheur où mon âme prétend ;
Et pouvant l'espérer, je m'en vais trop content.

Scène 3

CHIMÈNE, ELVIRE

CHIMÈNE

Enfin, je me vois libre, et je puis sans contrainte
De mes vives douleurs te faire voir l'atteinte ;
Je puis donner passage à mes tristes soupirs ;
Je puis t'ouvrir mon âme et tous mes déplaisirs.
Mon père est mort, Elvire ; et la première épée

    Dont s'est armé Rodrigue, a sa trame coupée.
    Pleurez, pleurez, mes yeux, et fondez-vous en eau !
800 La moitié de ma vie a mis l'autre au tombeau,
    Et m'oblige à venger, après ce coup funeste,
    Celle que je n'ai plus sur celle qui me reste.

ELVIRE
Reposez-vous, Madame.

CHIMÈNE

                    Ah ! que mal à propos
    Dans un malheur si grand tu parles de repos !
    Par où sera jamais ma douleur apaisée,
    Si je ne puis haïr la main qui l'a causée ?
    Et que dois-je espérer qu'un tourment éternel,
    Si je poursuis un crime, aimant le criminel ?

ELVIRE
Il vous prive d'un père, et vous l'aimez encore !

CHIMÈNE
810 C'est peu de dire aimer, Elvire : je l'adore ;
    Ma passion s'oppose à mon ressentiment ;
    Dedans mon ennemi je trouve mon amant ;
    Et je sens qu'en dépit de toute ma colère,
    Rodrigue dans mon cœur combat encor mon père :
    Il l'attaque, il le presse, il cède, il se défend,
    Tantôt fort, tantôt faible, et tantôt triomphant ;
    Mais en ce dur combat de colère et de flamme,
    Il déchire mon cœur, sans partager mon âme ;
    Et quoi que mon amour ait sur moi de pouvoir,
820 Je ne consulte point pour suivre mon devoir :
    Je cours sans balancer où mon honneur m'oblige.
    Rodrigue m'est bien cher, son intérêt m'afflige ;
    Mon cœur prend son parti ; mais malgré son effort,
    Je sais ce que je suis, et que mon père est mort.

ELVIRE
Pensez-vous le poursuivre ?

CHIMÈNE

Ah ! cruelle pensée !
Et cruelle poursuite où je me vois forcée !
Je demande sa tête, et crains de l'obtenir :
Ma mort suivra la sienne, et je le veux punir !

ELVIRE

Quittez, quittez, Madame, un dessein si tragique ;
830 Ne vous imposez point de loi si tyrannique.

CHIMÈNE

Quoi ! mon père étant mort, et presque entre mes bras,
Son sang criera vengeance, et je ne l'orrai pas !
Mon cœur, honteusement surpris par d'autres charmes,
Croira ne lui devoir que d'impuissantes larmes !
Et je pourrai souffrir qu'un amour suborneur
Sous un lâche silence étouffe mon honneur !

ELVIRE

Madame, croyez-moi, vous serez excusable
D'avoir moins de chaleur contre un objet aimable,
Contre un amant si cher : vous avez assez fait,
840 Vous avez vu le Roi ; n'en pressez point l'effet,
Ne vous obstinez point en cette humeur étrange.

CHIMÈNE

Il y va de ma gloire, il faut que je me venge ;
Et de quoi que nous flatte un désir amoureux,
Toute excuse est honteuse aux esprits généreux.

ELVIRE

Mais vous aimez Rodrigue, il ne vous peut déplaire.

CHIMÈNE

Je l'avoue.

ELVIRE

Après tout, que pensez-vous donc faire ?

CHIMÈNE

Pour conserver ma gloire et finir mon ennui,
Le poursuivre, le perdre, et mourir après lui.

Scène 4

DON RODRIGUE, CHIMÈNE, ELVIRE

DON RODRIGUE

Eh bien, sans vous donner la peine de poursuivre,
850 Assurez-vous l'honneur de m'empêcher de vivre.

CHIMÈNE

Elvire, où sommes-nous, et qu'est-ce que je voi ?
Rodrigue en ma maison ! Rodrigue devant moi !

DON RODRIGUE

N'épargnez point mon sang : goûtez sans résistance
La douceur de ma perte et de votre vengeance.

CHIMÈNE

Hélas !

DON RODRIGUE

   Écoute-moi.

CHIMÈNE

      Je me meurs.

DON RODRIGUE

         Un moment.

CHIMÈNE

Va, laisse-moi mourir.

DON RODRIGUE

      Quatre mots seulement :
Après ne me réponds qu'avecque cette épée.

CHIMÈNE

Quoi ! du sang de mon père encor toute trempée !

DON RODRIGUE

Ma Chimène...

CHIMÈNE

                Ôte-moi cet objet odieux,
860 Qui reproche ton crime et ta vie à mes yeux.

DON RODRIGUE

   Regarde-le plutôt pour exciter ta haine,
   Pour croître ta colère, et pour hâter ma peine.

CHIMÈNE

   Il est teint de mon sang.

DON RODRIGUE

                   Plonge-le dans le mien,
   Et fais-lui perdre ainsi la teinture du tien.

CHIMÈNE

   Ah ! quelle cruauté, qui tout en un jour tue
   Le père par le fer, la fille par la vue !
   Ôte-moi cet objet, je ne le puis souffrir :
   Tu veux que je t'écoute, et tu me fais mourir !

DON RODRIGUE

   Je fais ce que tu veux, mais sans quitter l'envie
870 De finir par tes mains ma déplorable vie ;
   Car enfin n'attends pas de mon affection
   Un lâche repentir d'une bonne action.
   L'irréparable effet d'une chaleur trop prompte
   Déshonorait mon père, et me couvrait de honte.
   Tu sais comme un soufflet touche un homme de cœur ;
   J'avais part à l'affront, j'en ai cherché l'auteur :
   Je l'ai vu, j'ai vengé mon honneur et mon père ;
   Je le ferais encor, si j'avais à le faire.
   Ce n'est pas qu'en effet contre mon père et moi
880 Ma flamme assez longtemps n'ait combattu pour toi ;
   Juge de son pouvoir : dans une telle offense
   J'ai pu délibérer si j'en prendrais vengeance.
   Réduit à te déplaire, ou souffrir un affront,
   J'ai pensé qu'à son tour mon bras était trop prompt ;

   Je me suis accusé de trop de violence ;
   Et ta beauté sans doute emportait la balance,
   A moins que d'opposer à tes plus forts appas
   Qu'un homme sans honneur ne te méritait pas ;
   Que malgré cette part que j'avais en ton âme,
890 Qui m'aima généreux, me haïrait infâme ;
   Qu'écouter ton amour, obéir à sa voix,
   C'était m'en rendre indigne et diffamer ton choix.
   Je te le dis encore ; et quoique j'en soupire,
   Jusqu'au dernier soupir je veux bien le redire :
   Je t'ai fait une offense, et j'ai dû m'y porter
   Pour effacer ma honte, et pour te mériter ;
   Mais quitte envers l'honneur, et quitte envers mon
   C'est maintenant à toi que je viens satisfaire[1].   [père,
   C'est pour t'offrir mon sang qu'en ce lieu tu me vois.
900 J'ai fait ce que j'ai dû, je fais ce que je dois.
   Je sais qu'un père mort t'arme contre mon crime ;
   Je ne t'ai pas voulu dérober ta victime :
   Immole avec courage au sang qu'il a perdu
   Celui qui met sa gloire à l'avoir répandu.

CHIMÈNE

   Ah ! Rodrigue, il est vrai, quoique ton ennemie,
   Je ne puis te blâmer d'avoir fui l'infamie ;
   Et de quelque façon qu'éclatent mes douleurs,
   Je ne t'accuse point, je pleure mes malheurs.
   Je sais ce que l'honneur, après un tel outrage,
910 Demandait à l'ardeur d'un généreux courage :
   Tu n'as fait le devoir que d'un homme de bien ;
   Mais aussi, le faisant, tu m'as appris le mien.
   Ta funeste valeur m'instruit par ta victoire ;
   Elle a vengé ton père et soutenu ta gloire :
   Même soin me regarde, et j'ai, pour m'affliger,
   Ma gloire à soutenir et mon père à venger.
   Hélas ! ton intérêt ici me désespère :
   Si quelque autre malheur m'avait ravi mon père,

Mon âme aurait trouvé dans le bien de te voir
920 L'unique allégement qu'elle eût pu recevoir ;
Et contre ma douleur j'aurais senti des charmes,
Quand une main si chère eût essuyé mes larmes.
Mais il me faut te perdre après l'avoir perdu ;
Cet effort sur ma flamme à mon honneur est dû ;
Et cet affreux devoir, dont l'ordre m'assassine,
Me force à travailler moi-même à ta ruine.
Car enfin n'attends pas de mon affection
De lâches sentiments pour ta punition.
De quoi qu'en ta faveur notre amour m'entretienne,
930 Ma générosité doit répondre à la tienne :
Tu t'es, en m'offensant, montré digne de moi ;
Je me dois, par ta mort, montrer digne de toi.

DON RODRIGUE

Ne diffère donc plus ce que l'honneur t'ordonne :
Il demande ma tête, et je te l'abandonne ;
Fais-en un sacrifice à ce noble intérêt :
Le coup m'en sera doux, aussi bien que l'arrêt.
Attendre après mon crime une lente justice,
C'est reculer ta gloire autant que mon supplice.
Je mourrai trop heureux, mourant d'un coup si beau.

CHIMÈNE

940 Va, je suis ta partie[1], et non pas ton bourreau.
Si tu m'offres ta tête, est-ce à moi de la prendre ?
Je la dois attaquer, mais tu dois la défendre ;
C'est d'un autre que toi qu'il me faut l'obtenir,
Et je dois te poursuivre, et non pas te punir.

DON RODRIGUE

De quoi qu'en ma faveur notre amour t'entretienne,
Ta générosité doit répondre à la mienne ;
Et pour venger un père emprunter d'autres bras,
Ma Chimène, crois-moi, c'est n'y répondre pas.
Ma main seule du mien a su venger l'offense,
950 Ta main seule du tien doit prendre la vengeance.

CHIMÈNE

Cruel ! à quel propos sur ce point t'obstiner ?
Tu t'es vengé sans aide, et tu m'en veux donner !
Je suivrai ton exemple, et j'ai trop de courage
Pour souffrir qu'avec toi ma gloire se partage.
Mon père et mon honneur ne veulent rien devoir
Aux traits de ton amour ni de ton désespoir.

DON RODRIGUE

Rigoureux point d'honneur ! hélas ! quoi que je fasse,
Ne pourrai-je à la fin obtenir cette grâce ?
Au nom d'un père mort, ou de notre amitié,
960 Punis-moi par vengeance, ou du moins par pitié.
Ton malheureux amant aura bien moins de peine
À mourir par ta main qu'à vivre avec ta haine.

CHIMÈNE

Va, je ne te hais point.

DON RODRIGUE

Tu le dois.

CHIMÈNE

Je ne puis.

DON RODRIGUE

Crains-tu si peu le blâme, et si peu les faux bruits ?
Quand on saura mon crime, et que ta flamme dure,
Que ne publieront point l'envie et l'imposture !
Force-les au silence, et, sans plus discourir,
Sauve ta renommée en me faisant mourir.

CHIMÈNE

Elle éclate bien mieux en te laissant la vie ;
970 Et je veux que la voix de la plus noire envie
Élève au ciel ma gloire et plaigne mes ennuis,
Sachant que je t'adore et que je te poursuis.
Va-t'en, ne montre plus à ma douleur extrême

Ce qu'il faut que je perde, encore que je l'aime.
Dans l'ombre de la nuit cache bien ton départ :
Si l'on te voit sortir, mon honneur court hasard.
La seule occasion qu'aura la médisance,
C'est de savoir qu'ici j'ai souffert ta présence :
Ne lui donne point lieu d'attaquer ma vertu.

DON RODRIGUE

980 Que je meure !

CHIMÈNE

                    Va-t'en.

DON RODRIGUE

                                À quoi te résous-tu ?

CHIMÈNE

Malgré des feux si beaux, qui troublent ma colère,
Je ferai mon possible à bien venger mon père ;
Mais malgré la rigueur d'un si cruel devoir,
Mon unique souhait est de ne rien pouvoir.

DON RODRIGUE

Ô miracle d'amour !

CHIMÈNE

                    Ô comble de misères !

DON RODRIGUE

Que de maux et de pleurs nous coûteront nos pères !

CHIMÈNE

Rodrigue, qui l'eût cru ?

DON RODRIGUE

                    Chimène, qui l'eût dit ?

CHIMÈNE

Que notre heur[1] fût si proche et sitôt se perdît ?

DON RODRIGUE

Et que si près du port, contre toute apparence,
990 Un orage si prompt brisât notre espérance ?

CHIMÈNE

Ah ! mortelles douleurs !

DON RODRIGUE

Ah ! regrets superflus !

CHIMÈNE

Va-t'en, encore un coup je ne t'écoute plus.

DON RODRIGUE

Adieu : je vais traîner une mourante vie,
Tant que par ta poursuite elle me soit ravie.

CHIMÈNE

Si j'en obtiens l'effet, je t'engage ma foi
De ne respirer pas un moment après toi.
Adieu : sors, et surtout garde bien qu'on te voie.

ELVIRE

Madame, quelques maux que le ciel nous envoie...

CHIMÈNE

Ne m'importune plus, laisse-moi soupirer,
1000 Je cherche le silence et la nuit pour pleurer.

Scène 5

DON DIÈGUE

Jamais nous ne goûtons de parfaite allégresse :
Nos plus heureux succès sont mêlés de tristesse ;
Toujours quelques soucis en ces événements
Troublent la pureté de nos contentements.
Au milieu du bonheur mon âme en sent l'atteinte :
Je nage dans la joie, et je tremble de crainte.
J'ai vu mort l'ennemi qui m'avait outragé ;
Et je ne saurais voir la main qui m'a vengé.
En vain je m'y travaille, et d'un soin inutile,

1010 Tout cassé que je suis, je cours toute la ville :
Ce peu que mes vieux ans m'ont laissé de vigueur
Se consume sans fruit à chercher ce vainqueur.
À toute heure, en tous lieux, dans une nuit si sombre,
Je pense l'embrasser, et n'embrasse qu'une ombre ;
Et mon amour, déçu par cet objet trompeur,
Se forme des soupçons qui redoublent ma peur.
Je ne découvre point de marques de sa fuite ;
Je crains du Comte mort les amis et la suite ;
Leur nombre m'épouvante, et confond ma raison.
1020 Rodrigue ne vit plus, ou respire en prison.
Justes cieux ! me trompé-je encore à l'apparence,
Ou si je vois enfin mon unique espérance ?
C'est lui, n'en doutons plus ; mes vœux sont exaucés,
Ma crainte est dissipée et mes ennuis cessés.

Scène 6
DON DIÈGUE, DON RODRIGUE

DON DIÈGUE
Rodrigue, enfin le ciel permet que je te voie !

DON RODRIGUE
Hélas !

DON DIÈGUE
          Ne mêle point de soupirs à ma joie ;
Laisse-moi prendre haleine afin de te louer.
Ma valeur n'a point lieu de te désavouer :
Tu l'as bien imitée, et ton illustre audace
1030 Fait bien revivre en toi les héros de ma race :
C'est d'eux que tu descends, c'est de moi que tu viens :
Ton premier coup d'épée égale tous les miens ;
Et d'une belle ardeur ta jeunesse animée

Par cette grande épreuve atteint ma renommée.
Appui de ma vieillesse, et comble de mon heur,
Touche ces cheveux blancs à qui tu rends l'honneur,
Viens baiser cette joue, et reconnais la place
Où fut empreint l'affront que ton courage efface.

DON RODRIGUE

L'honneur vous en est dû : je ne pouvais pas moins,
1040 Étant sorti de vous et nourri par vos soins.
Je m'en tiens trop heureux, et mon âme est ravie
Que mon coup d'essai plaise à qui je dois la vie ;
Mais parmi vos plaisirs ne soyez point jaloux
Si je m'ose à mon tour satisfaire après vous.
Souffrez qu'en liberté mon désespoir éclate ;
Assez et trop longtemps votre discours le flatte.
Je ne me repens point de vous avoir servi ;
Mais rendez-moi le bien que ce coup m'a ravi.
Mon bras, pour vous venger, armé contre ma flamme,
1050 Par ce coup glorieux m'a privé de mon âme ;
Ne me dites plus rien ; pour vous j'ai tout perdu :
Ce que je vous devais, je vous l'ai bien rendu.

DON DIÈGUE

Porte, porte plus haut le fruit de ta victoire :
Je t'ai donné la vie, et tu me rends ma gloire ;
Et d'autant que l'honneur m'est plus cher que le jour,
D'autant plus maintenant je te dois de retour.
Mais d'un cœur magnanime éloigne ces faiblesses ;
Nous n'avons qu'un honneur, il est tant de maîtresses !
L'amour n'est qu'un plaisir, l'honneur est un devoir.

DON RODRIGUE

1060 Ah ! que me dites-vous ?

DON DIÈGUE

                                        Ce que tu dois savoir.

DON RODRIGUE

Mon honneur offensé sur moi-même se venge,

Et vous m'osez pousser à la honte du change !
L'infamie est pareille, et suit également
Le guerrier sans courage et le perfide amant.
À ma fidélité ne faites point d'injure ;
Souffrez-moi généreux sans me rendre parjure :
Mes liens sont trop forts pour être ainsi rompus ;
Ma foi m'engage encor si je n'espère plus ;
Et ne pouvant quitter ni posséder Chimène,
1070 Le trépas que je cherche est ma plus douce peine.

DON DIÈGUE

Il n'est pas temps encor de chercher le trépas :
Ton prince et ton pays ont besoin de ton bras.
La flotte qu'on craignait, dans ce grand fleuve entrée,
Croit surprendre la ville et piller la contrée.
Les Mores vont descendre, et le flux et la nuit
Dans une heure à nos murs les amène sans bruit.
La cour est en désordre, et le peuple en alarmes :
On n'entend que des cris, on ne voit que des larmes.
Dans ce malheur public mon bonheur a permis
1080 Que j'ai trouvé chez moi cinq cents de mes amis[1],
Qui sachant mon affront, poussés d'un même zèle,
Se venaient tous offrir à venger ma querelle.
Tu les as prévenus, mais leurs vaillantes mains
Se tremperont bien mieux au sang des Africains.
Va marcher à leur tête où l'honneur te demande :
C'est toi que veut pour chef leur généreuse bande.
De ces vieux ennemis va soutenir l'abord :
Là, si tu veux mourir, trouve une belle mort ;
Prends-en l'occasion, puisqu'elle t'est offerte ;
1090 Fais devoir à ton roi son salut à ta perte ;
Mais reviens-en plutôt les palmes sur le front.
Ne borne pas ta gloire à venger un affront ;
Porte-la plus avant : force par ta vaillance
Ce monarque au pardon, et Chimène au silence ;
Si tu l'aimes, apprends que revenir vainqueur,

C'est l'unique moyen de regagner son cœur.
Mais le temps est trop cher pour le perdre en paroles :
Je t'arrête en discours, et je veux que tu voles.
Viens, suis-moi, va combattre, et montrer à ton roi
1100 Que ce qu'il perd au Comte il le recouvre en toi.

Acte IV

Scène 1

CHIMÈNE, ELVIRE

CHIMÈNE

N'est-ce point un faux bruit ? le sais-tu bien, Elvire ?

ELVIRE

Vous ne croiriez jamais comme chacun l'admire,
Et porte jusqu'au ciel, d'une commune voix,
De ce jeune héros les glorieux exploits.
Les Mores devant lui n'ont paru qu'à leur honte ;
Leur abord fut bien prompt, leur fuite encor plus
                                         [prompte.
Trois heures de combat laissent à nos guerriers
Une victoire entière et deux rois prisonniers.
La valeur de leur chef ne trouvait point d'obstacles.

CHIMÈNE

1110 Et la main de Rodrigue a fait tous ces miracles ?

ELVIRE

De ses nobles efforts ces deux rois sont le prix :
Sa main les a vaincus, et sa main les a pris.

CHIMÈNE

De qui peux-tu savoir ces nouvelles étranges ?

ELVIRE

Du peuple, qui partout fait sonner ses louanges,
Le nomme de sa joie et l'objet et l'auteur,
Son ange tutélaire, et son libérateur.

CHIMÈNE
   Et le Roi, de quel œil voit-il tant de vaillance ?

ELVIRE
   Rodrigue n'ose encor paraître en sa présence ;
   Mais don Diègue ravi lui présente enchaînés,
1120 Au nom de ce vainqueur, ces captifs couronnés,
   Et demande pour grâce à ce généreux prince
   Qu'il daigne voir la main qui sauve la province.

CHIMÈNE
   Mais n'est-il point blessé ?

ELVIRE
                               Je n'en ai rien appris.
   Vous changez de couleur ! reprenez vos esprits.

CHIMÈNE
   Reprenons donc aussi ma colère affaiblie :
   Pour avoir soin de lui faut-il que je m'oublie ?
   On le vante, on le loue, et mon cœur y consent !
   Mon honneur est muet, mon devoir impuissant !
   Silence, mon amour, laisse agir ma colère :
1130 S'il a vaincu deux rois, il a tué mon père ;
   Ces tristes vêtements, où je lis mon malheur
   Sont les premiers effets qu'ait produits sa valeur ;
   Et quoi qu'on die[1] ailleurs d'un cœur si magnanime,
   Ici tous les objets me parlent de son crime.
     Vous qui rendez la force à mes ressentiments,
   Voiles, crêpes, habits, lugubres ornements,
   Pompe[2] que me prescrit sa première victoire,
   Contre ma passion soutenez bien ma gloire ;
   Et lorsque mon amour prendra trop de pouvoir,
1140 Parlez à mon esprit de mon triste devoir,
   Attaquez sans rien craindre une main triomphante.

ELVIRE
   Modérez ces transports, voici venir l'Infante.

Scène 2

L'INFANTE, CHIMÈNE, LÉONOR, ELVIRE

L'INFANTE

Je ne viens pas ici consoler tes douleurs ;
Je viens plutôt mêler mes soupirs à tes pleurs.

CHIMÈNE

Prenez bien plutôt part à la commune joie,
Et goûtez le bonheur que le ciel vous envoie,
Madame : autre que moi n'a droit de soupirer :
Le péril dont Rodrigue a su nous retirer,
Et le salut public que vous rendent ses armes,
1150 À moi seule aujourd'hui souffrent encor les larmes :
Il a sauvé la ville, il a servi son roi ;
Et son bras valeureux n'est funeste qu'à moi.

L'INFANTE

Ma Chimène, il est vrai qu'il a fait des merveilles.

CHIMÈNE

Déjà ce bruit fâcheux a frappé mes oreilles ;
Et je l'entends partout publier hautement
Aussi brave guerrier que malheureux amant.

L'INFANTE

Qu'a de fâcheux pour toi ce discours populaire ?
Ce jeune Mars qu'il loue a su jadis te plaire :
Il possédait ton âme, il vivait sous tes lois ;
1160 Et vanter sa valeur, c'est honorer ton choix.

CHIMÈNE

Chacun peut la vanter avec quelque justice ;
Mais pour moi sa louange est un nouveau supplice.
On aigrit ma douleur en l'élevant si haut :
Je vois ce que je perds quand je vois ce qu'il vaut.
Ah ! cruels déplaisirs à l'esprit d'une amante !

Plus j'apprends son mérite, et plus mon feu
[s'augmente :
Cependant mon devoir est toujours le plus fort,
Et malgré mon amour, va poursuivre sa mort.

L'INFANTE

Hier ce devoir te mit en une haute estime ;
1170 L'effort que tu te fis parut si magnanime,
Si digne d'un grand cœur, que chacun à la cour
Admirait ton courage et plaignait ton amour.
Mais croirais-tu l'avis d'une amitié fidèle ?

CHIMÈNE

Ne vous obéir pas me rendrait criminelle.

L'INFANTE

Ce qui fut juste alors ne l'est plus aujourd'hui.
Rodrigue maintenant est notre unique appui,
L'espérance et l'amour d'un peuple qui l'adore,
Le soutien de Castille, et la terreur du More.
Le Roi même est d'accord de cette vérité,
1180 Que ton père en lui seul se voit ressuscité ;
Et si tu veux enfin qu'en deux mots je m'explique,
Tu poursuis en sa mort la ruine publique.
Quoi ! pour venger un père est-il jamais permis
De livrer sa patrie aux mains des ennemis ?
Contre nous ta poursuite est-elle légitime,
Et pour être punis avons-nous part au crime[1] ?
Ce n'est pas qu'après tout tu doives épouser
Celui qu'un père mort t'obligeait d'accuser :
Je te voudrais moi-même en arracher l'envie ;
1190 Ôte-lui ton amour, mais laisse-nous sa vie.

CHIMÈNE

Ah ! ce n'est pas à moi d'avoir tant de bonté ;
Le devoir qui m'aigrit n'a rien de limité.
Quoique pour ce vainqueur mon amour s'intéresse,
Quoiqu'un peuple l'adore et qu'un roi le caresse,
Qu'il soit environné des plus vaillants guerriers,

J'irai sous mes cyprès[1] accabler ses lauriers.

L'INFANTE

C'est générosité quand pour venger un père
Notre devoir attaque une tête si chère ;
Mais c'en est une encor d'un plus illustre rang,
1200 Quand on donne au public les intérêts du sang.
Non, crois-moi, c'est assez que d'éteindre ta flamme ;
Il sera trop puni s'il n'est plus dans ton âme.
Que le bien du pays t'impose cette loi :
Aussi bien, que crois-tu que t'accorde le Roi ?

CHIMÈNE

Il peut me refuser, mais je ne puis me taire.

L'INFANTE

Pense bien, ma Chimène, à ce que tu veux faire.
Adieu : tu pourras seule y penser à loisir.

CHIMÈNE

Après mon père mort, je n'ai point à choisir.

Scène 3
DON FERNAND, DON DIÈGUE, DON ARIAS, DON RODRIGUE, DON SANCHE

DON FERNAND

Généreux héritier d'une illustre famille,
1210 Qui fut toujours la gloire et l'appui de Castille,
Race de tant d'aïeux en valeur signalés,
Que l'essai de la tienne a sitôt égalés,
Pour te récompenser ma force est trop petite ;
Et j'ai moins de pouvoir que tu n'as de mérite.
Le pays délivré d'un si rude ennemi,
Mon sceptre dans ma main par la tienne affermi,
Et les Mores défaits avant qu'en ces alarmes

J'eusse pu donner ordre à repousser leurs armes,
Ne sont point des exploits qui laissent à ton roi
1220 Le moyen ni l'espoir de s'acquitter vers toi.
Mais deux rois tes captifs feront ta récompense.
Ils t'ont nommé tous deux leur Cid en ma présence :
Puisque Cid en leur langue est autant que seigneur,
Je ne t'envierai pas ce beau titre d'honneur.
  Sois désormais le Cid : qu'à ce grand nom tout
                                          [cède ;
Qu'il comble d'épouvante et Grenade et Tolède[1]
Et qu'il marque à tous ceux qui vivent sous mes lois
Et ce que tu me vaux, et ce que je te dois.

DON RODRIGUE

Que Votre Majesté, Sire, épargne ma honte,
1230 D'un si faible service elle fait trop de conte,
Et me force à rougir devant un si grand roi
De mériter si peu l'honneur que j'en reçoi.
Je sais trop que je dois au bien de votre empire,
Et le sang qui m'anime, et l'air que je respire ;
Et quand je les perdrai pour un si digne objet,
Je ferai seulement le devoir d'un sujet[2].

DON FERNAND

Tous ceux que ce devoir à mon service engage
Ne s'en acquittent pas avec même courage ;
Et lorsque la valeur ne va point dans l'excès
1240 Elle ne produit point de si rares succès.
Souffre donc qu'on te loue, et de cette victoire
Apprends-moi plus au long la véritable histoire.

DON RODRIGUE

Sire, vous avez su qu'en ce danger pressant,
Qui jeta dans la ville un effroi si puissant,
Une troupe d'amis chez mon père assemblée
Sollicita mon âme encor toute troublée...
Mais, Sire, pardonnez à ma témérité,
Si j'osai l'employer sans votre autorité[3] :

Le péril approchait ; leur brigade était prête ;
1250 Me montrant à la cour, je hasardais ma tête[1] ;
Et s'il fallait la perdre, il m'était bien plus doux
De sortir de la vie en combattant pour vous.

DON FERNAND

J'excuse ta chaleur à venger ton offense ;
Et l'État défendu me parle en ta défense :
Crois que dorénavant Chimène a beau parler,
Je ne l'écoute plus que pour la consoler.
Mais poursuis.

DON RODRIGUE

Sous moi donc cette troupe s'avance,
Et porte sur le front une mâle assurance.
Nous partîmes cinq cents ; mais par un prompt renfort
1260 Nous nous vîmes trois mille en arrivant au port,
Tant, à nous voir marcher avec un tel visage,
Les plus épouvantés reprenaient leur courage !
J'en cache les deux tiers, aussitôt qu'arrivés,
Dans le fond des vaisseaux qui lors furent trouvés ;
Le reste, dont le nombre augmentait à toute heure,
Brûlant d'impatience autour de moi demeure,
Se couche contre terre, et sans faire aucun bruit,
Passe une bonne part d'une si belle nuit.
Par mon commandement la garde en fait de même,
1270 Et se tenant cachée, aide à mon stratagème ;
Et je feins hardiment d'avoir reçu de vous
L'ordre qu'on me voit suivre et que je donne à tous.
Cette obscure clarté qui tombe des étoiles
Enfin avec le flux nous fait voir trente voiles ;
L'onde s'enfle dessous, et d'un commun effort
Les Mores et la mer montent jusques au port.
On les laisse passer ; tout leur paraît tranquille ;
Point de soldats au port, point aux murs de la ville.
Notre profond silence abusant leurs esprits,
1280 Ils n'osent plus douter de nous avoir surpris ;

Ils abordent sans peur, ils ancrent, ils descendent,
Et courent se livrer aux mains qui les attendent.
Nous nous levons alors, et tous en même temps
Poussons jusques au ciel mille cris éclatants.
Les nôtres, à ces cris, de nos vaisseaux répondent ;
Ils paraissent armés, les Mores se confondent,
L'épouvante les prend à demi descendus ;
Avant que de combattre, ils s'estiment perdus.
Ils couraient au pillage, et rencontrent la guerre ;
1290 Nous les pressons sur l'eau, nous les pressons sur terre,
Et nous faisons courir des ruisseaux de leur sang,
Avant qu'aucun résiste ou reprenne son rang.
Mais bientôt, malgré nous, leurs princes les rallient ;
Leur courage renaît, et leurs terreurs s'oublient :
La honte de mourir sans avoir combattu
Arrête leur désordre, et leur rend leur vertu.
Contre nous de pied ferme ils tirent leurs alfanges,
De notre sang au leur font d'horribles mélanges ;
Et la terre, et le fleuve, et leur flotte, et le port,
1300 Sont des champs de carnage où triomphe la mort.
    Ô combien d'actions, combien d'exploits célèbres
Sont demeurés sans gloire au milieu des ténèbres,
Où chacun, seul témoin des grands coups qu'il donnait,
Ne pouvait discerner où le sort inclinait !
J'allais de tous côtés encourager les nôtres,
Faire avancer les uns, et soutenir les autres,
Ranger ceux qui venaient, les pousser à leur tour,
Et ne l'ai pu savoir jusques au point du jour.
Mais enfin sa clarté montre notre avantage :
1310 Le More voit sa perte, et perd soudain courage,
Et voyant un renfort qui nous vient secourir,
L'ardeur de vaincre cède à la peur de mourir.
Ils gagnent leurs vaisseaux, ils en coupent les câbles,
Poussent jusques aux cieux des cris épouvantables,
Font retraite en tumulte, et sans considérer
Si leurs rois avec eux peuvent se retirer.

Catherine Sellers (Chimène),
Pierre Tabard (Rodrigue).
(Th. Sarah-Bernhardt, 1963.)

Pour souffrir ce devoir leur frayeur est trop forte :
Le flux les apporta ; le reflux les remporte,
Cependant que leurs rois, engagés parmi nous,
1320 Et quelque peu des leurs, tous percés de nos coups,
Disputent vaillamment et vendent bien leur vie.
À se rendre moi-même en vain je les convie :
Le cimeterre au poing ils ne m'écoutent pas ;
Mais voyant à leurs pieds tomber tous leurs soldats,
Et que seuls désormais en vain ils se défendent,
Ils demandent le chef : je me nomme, ils se rendent.
Je vous les envoyai tous deux en même temps ;
Et le combat cessa faute de combattants.
    C'est de cette façon que, pour votre service...

Scène 4

DON FERNAND, DON DIÈGUE, DON RODRIGUE, DON ARIAS, DON ALONSE, DON SANCHE

DON ALONSE

1330 Sire, Chimène vient vous demander justice.

DON FERNAND

La fâcheuse nouvelle, et l'importun devoir !
Va, je ne la veux pas obliger à te voir.
Pour tous remerciements il faut que je te chasse ;
Mais avant que sortir, viens, que ton roi t'embrasse.

DON DIÈGUE

Chimène le poursuit, et voudrait le sauver.

DON FERNAND

On m'a dit qu'elle l'aime, et je vais l'éprouver.
Montrez un œil plus triste.

Scène 5

DON FERNAND, DON DIÈGUE, DON ARIAS,
DON SANCHE, DON ALONSE, CHIMÈNE, ELVIRE

DON FERNAND
                                    Enfin soyez contente,
Chimène, le succès répond à votre attente :
Si de nos ennemis Rodrigue a le dessus,
1340 Il est mort à nos yeux des coups qu'il a reçus[1] ;
Rendez grâces au ciel, qui vous en a vengée.

    À don Diègue.

Voyez comme déjà sa couleur est changée.

DON DIÈGUE
Mais voyez qu'elle pâme, et d'un amour parfait,
Dans cette pâmoison, Sire, admirez l'effet.
Sa douleur a trahi les secrets de son âme,
Et ne vous permet plus de douter de sa flamme.

CHIMÈNE
Quoi ! Rodrigue est donc mort ?

DON FERNAND
                                    Non, non, il voit le jour.
Et te conserve encor un immuable amour :
Calme cette douleur qui pour lui s'intéresse.

CHIMÈNE
1350 Sire, on pâme de joie ainsi que de tristesse ;
Un excès de plaisir nous rend tous languissants,
Et quand il surprend l'âme, il accable les sens.

DON FERNAND
Tu veux qu'en ta faveur nous croyions l'impossible ?
Chimène, ta douleur a paru trop visible.

CHIMÈNE

Eh bien ! Sire, ajoutez ce comble à mon malheur,
Nommez ma pâmoison l'effet de ma douleur :
Un juste déplaisir à ce point m'a réduite.
Son trépas dérobait sa tête à ma poursuite ;
S'il meurt des coups reçus pour le bien du pays,
1360 Ma vengeance est perdue et mes desseins trahis :
Une si belle fin m'est trop injurieuse.
Je demande sa mort, mais non pas glorieuse,
Non pas dans un éclat qui l'élève si haut,
Non pas au lit d'honneur, mais sur un échafaud ;
Qu'il meure pour mon père, et non pour la patrie ;
Que son nom soit taché, sa mémoire flétrie.
Mourir pour le pays n'est pas un triste sort ;
C'est s'immortaliser par une belle mort.
     J'aime donc sa victoire, et je le puis sans crime ;
1370 Elle assure l'État, et me rend ma victime,
Mais noble, mais fameuse entre tous les guerriers,
Le chef, au lieu de fleurs, couronné de lauriers ;
Et pour dire en un mot ce que j'en considère,
Digne d'être immolée aux mânes de mon père...
Hélas ! à quel espoir me laissé-je emporter !
Rodrigue de ma part n'a rien à redouter :
Que pourraient contre lui des larmes qu'on méprise ?
Pour lui tout votre empire est un lieu de franchise[1] ;
Là, sous votre pouvoir, tout lui devient permis ;
1380 Il triomphe de moi comme des ennemis.
Dans leur sang répandu la justice étouffée
Aux crimes du vainqueur sert d'un nouveau trophée ;
Nous en croissons la pompe, et le mépris des lois
Nous fait suivre son char au milieu de deux rois.

DON FERNAND

Ma fille, ces transports ont trop de violence.
Quand on rend la justice, on met tout en balance :
On a tué ton père, il était l'agresseur ;

Et la même équité m'ordonne la douceur.
Avant que d'accuser ce que j'en fais paraître,
1390 Consulte bien ton cœur : Rodrigue en est le maître,
Et ta flamme en secret rend grâces à ton roi,
Dont la faveur conserve un tel amant pour toi.

CHIMÈNE

Pour moi ! mon ennemi ! l'objet de ma colère !
L'auteur de mes malheurs ! l'assassin de mon père !
De ma juste conduite on fait si peu de cas
Qu'on me croit obliger en ne m'écoutant pas !
    Puisque vous refusez la justice à mes larmes,
Sire, permettez-moi de recourir aux armes ;
C'est par là seulement qu'il a su m'outrager,
1400 Et c'est aussi par là que je me dois venger.
À tous vos cavaliers je demande sa tête :
Oui, qu'un d'eux me l'apporte, et je suis sa conquête ;
Qu'ils le combattent, Sire, et le combat fini,
J'épouse le vainqueur, si Rodrigue est puni[1].
Sous votre autorité souffrez qu'on le publie.

DON FERNAND

Cette vieille coutume en ces lieux établie,
Sous couleur de punir un injuste attentat,
Des meilleurs combattants affaiblit un État ;
Souvent de cet abus le succès déplorable
1410 Opprime l'innocent, et soutient le coupable.
J'en dispense Rodrigue ; il m'est trop précieux
Pour l'exposer aux coups d'un sort capricieux ;
Et quoi qu'ait pu commettre un cœur si magnanime,
Les Mores en fuyant ont emporté son crime.

DON DIÈGUE

Quoi ! Sire, pour lui seul vous renversez des lois
Qu'a vu toute la cour observer tant de fois !
Que croira votre peuple et que dira l'envie,
Si sous votre défense il ménage sa vie,
Et s'en fait un prétexte à ne paraître pas

1420 Où tous les gens d'honneur cherchent un beau trépas ?
De pareilles faveurs terniraient trop sa gloire :
Qu'il goûte sans rougir les fruits de sa victoire.
Le Comte eut de l'audace, il l'en a su punir :
Il l'a fait en brave homme, et le doit maintenir.

DON FERNAND

Puisque vous le voulez, j'accorde qu'il le fasse ;
Mais d'un guerrier vaincu mille prendraient la place,
Et le prix que Chimène au vainqueur a promis
De tous mes cavaliers ferait ses ennemis.
L'opposer seul à tous serait trop d'injustice :
1430 Il suffit qu'une fois il entre dans la lice.
Choisis qui tu voudras, Chimène, et choisis bien ;
Mais après ce combat ne demande plus rien.

DON DIÈGUE

N'excusez point par là ceux que son bras étonne :
Laissez un champ ouvert, où n'entrera personne.
Après ce que Rodrigue a fait voir aujourd'hui,
Quel courage assez vain s'oserait prendre à lui ?
Qui se hasarderait contre un tel adversaire ?
Qui serait ce vaillant, ou bien ce téméraire ?

DON SANCHE

Faites ouvrir le champ : vous voyez l'assaillant ;
1440 Je suis ce téméraire, ou plutôt ce vaillant.
Accordez cette grâce à l'ardeur qui me presse,
Madame : vous savez quelle est votre promesse.

DON FERNAND

Chimène, remets-tu ta querelle en sa main ?

CHIMÈNE

Sire, je l'ai promis.

DON FERNAND

                    Soyez prêt à demain.

DON DIÈGUE

Non, Sire, il ne faut pas différer davantage :

On est toujours trop prêt quand on a du courage.

DON DERNAND

Sortir d'une bataille, et combattre à l'instant !

DON DIÈGUE

Rodrigue a pris haleine en vous la racontant.

DON FERNAND

Du moins une heure ou deux je veux qu'il se délasse.
1450 Mais de peur qu'en exemple un tel combat ne passe,
Pour témoigner à tous qu'à regret je permets
Un sanglant procédé qui ne me plut jamais,
De moi ni de ma cour il n'aura la présence.

> *Il parle à don Arias.*

Vous seul des combattants jugerez la vaillance :
Ayez soin que tous deux fassent en gens de cœur,
Et le combat fini, m'amenez le vainqueur.
Qui qu'il soit, même prix est acquis à sa peine :
Je le veux de ma main présenter à Chimène,
Et que pour récompense il reçoive sa foi.

CHIMÈNE

1460 Quoi ! Sire, m'imposer une si dure loi !

DON FERNAND

Tu t'en plains ; mais ton feu, loin d'avouer ta plainte,
Si Rodrigue est vainqueur, l'accepte sans contrainte.
Cesse de murmurer contre un arrêt si doux :
Qui que ce soit des deux, j'en ferai ton époux.

Acte V

Scène 1

DON RODRIGUE, CHIMÈNE

CHIMÈNE

Quoi ! Rodrigue, en plein jour ! d'où te vient cette
[audace ?
Va, tu me perds d'honneur ; retire-toi, de grâce.

DON RODRIGUE

Je vais mourir, Madame, et vous viens en ce lieu,
Avant le coup mortel, dire un dernier adieu :
Cet immuable amour qui sous vos lois m'engage
1470 N'ose accepter ma mort sans vous en faire hommage.

CHIMÈNE

Tu vas mourir !

DON RODRIGUE

Je cours à ces heureux moments
Qui vont livrer ma vie à vos ressentiments.

CHIMÈNE

Tu vas mourir ! Don Sanche est-il si redoutable
Qu'il donne l'épouvante à ce cœur indomptable ?
Qui t'a rendu si faible, ou qui le rend si fort ?
Rodrigue va combattre, et se croit déjà mort !
Celui qui n'a pas craint les Mores, ni mon père,
Va combattre don Sanche, et déjà désespère !
Ainsi donc au besoin ton courage s'abat !

DON RODRIGUE

1480 Je cours à mon supplice, et non pas au combat ;
Et ma fidèle ardeur sait bien m'ôter l'envie,
Quand vous cherchez ma mort, de défendre ma vie.
J'ai toujours même cœur ; mais je n'ai point de bras
Quand il faut conserver ce qui ne vous plaît pas ;
Et déjà cette nuit m'aurait été mortelle,
Si j'eusse combattu pour ma seule querelle ;
Mais défendant mon roi, son peuple et mon pays,
À me défendre mal je les aurais trahis.
Mon esprit généreux ne hait pas tant la vie,
1490 Qu'il en veuille sortir par une perfidie.
Maintenant qu'il s'agit de mon seul intérêt,
Vous demandez ma mort, j'en accepte l'arrêt.
Votre ressentiment choisit la main d'un autre
(Je ne méritais pas de mourir de la vôtre) :
On ne me verra point en repousser les coups ;
Je dois plus de respect à qui combat pour vous ;
Et ravi de penser que c'est de vous qu'ils viennent,
Puisque c'est votre honneur que ses armes soutiennent,
Je vais lui présenter mon estomac ouvert,
1500 Adorant en sa main la vôtre qui me perd.

CHIMÈNE

Si d'un triste devoir la juste violence,
Qui me fait malgré moi poursuivre ta vaillance,
Prescrit à ton amour une si forte loi
Qu'il te rend sans défense à qui combat pour moi,
En cet aveuglement ne perds pas la mémoire
Qu'ainsi que de ta vie il y va de ta gloire,
Et que dans quelque éclat que Rodrigue ait vécu,
Quand on le saura mort, on le croira vaincu.
Ton honneur t'est plus cher que je ne te suis chère,
1510 Puisqu'il trempe tes mains dans le sang de mon père,
Et te fait renoncer, malgré ta passion,
À l'espoir le plus doux de ma possession :

Je t'en vois cependant faire si peu de conte
Que sans rendre combat tu veux qu'on te surmonte.
Quelle inégalité ravale ta vertu ?
Pourquoi ne l'as-tu plus, ou pourquoi l'avais-tu ?
Quoi ? n'es-tu généreux que pour me faire outrage ?
S'il ne faut m'offenser, n'as-tu point de courage ?
Et traites-tu mon père avec tant de rigueur,
1520 Qu'après l'avoir vaincu tu souffres un vainqueur ?
Va, sans vouloir mourir, laisse-moi te poursuivre,
Et défends ton honneur, si tu ne veux plus vivre.

DON RODRIGUE

Après la mort du Comte, et les Mores défaits,
Faudrait-il à ma gloire encor d'autres effets ?
Elle peut dédaigner le soin de me défendre :
On sait que mon courage ose tout entreprendre,
Que ma valeur peut tout, et que dessous les cieux,
Auprès de mon honneur, rien ne m'est précieux.
Non, non, en ce combat, quoi que vous veuilliez croire,
1530 Rodrigue peut mourir sans hasarder sa gloire,
Sans qu'on l'ose accuser d'avoir manqué de cœur,
Sans passer pour vaincu, sans souffrir un vainqueur.
On dira seulement : « Il adorait Chimène ;
Il n'a pas voulu vivre et mériter sa haine ;
Il a cédé lui-même à la rigueur du sort
Qui forçait sa maîtresse à poursuivre sa mort :
Elle voulait sa tête ; et son cœur magnanime,
S'il l'en eût refusée, eût pensé faire un crime.
Pour venger son honneur il perdit son amour,
1540 Pour venger sa maîtresse il a quitté le jour,
Préférant, quelque espoir qu'eût son âme asservie,
Son honneur à Chimène, et Chimène à sa vie. »
Ainsi donc vous verrez ma mort en ce combat,
Loin d'obscurcir ma gloire, en rehausser l'éclat ;
Et cet honneur suivra mon trépas volontaire,
Que tout autre que moi n'eût pu vous satisfaire.

CHIMÈNE

Puisque, pour t'empêcher de courir au trépas,
Ta vie et ton honneur sont de faibles appas,
Si jamais je t'aimai, cher Rodrigue, en revanche,
1550 Défends-toi maintenant pour m'ôter à don Sanche ;
Combats pour m'affranchir d'une condition
Qui me donne à l'objet de mon aversion.
Te dirai-je encor plus ? va, songe à ta défense,
Pour forcer mon devoir, pour m'imposer silence ;
Et si tu sens pour moi ton cœur encore épris,
Sors vainqueur d'un combat dont Chimène est le prix.
Adieu : ce mot lâché me fait rougir de honte.

DON RODRIGUE

Est-il quelque ennemi qu'à présent je ne dompte ?
Paraissez, Navarrais, Mores et Castillans,
1560 Et tout ce que l'Espagne a nourri de vaillants ;
Unissez-vous ensemble, et faites une armée,
Pour combattre une main de la sorte animée :
Joignez tous vos efforts contre un espoir si doux ;
Pour en venir à bout, c'est trop peu que de vous.

Scène 2

L'INFANTE

T'écouterai-je encor, respect de ma naissance,
        Qui fais un crime de mes feux ?
T'écouterai-je, amour dont la douce puissance
Contre ce fier tyran fait révolter mes vœux ?
        Pauvre princesse, auquel des deux
1570   Dois-tu prêter obéissance ?

Rodrigue, ta valeur te rend digne de moi :
Mais pour être vaillant, tu n'es pas fils de roi.

Impitoyable sort, dont la rigueur sépare
    Ma gloire d'avec mes désirs !
Est-il dit que le choix d'une vertu si rare
Coûte à ma passion de si grands déplaisirs ?
    Ô cieux ! à combien de soupirs
    Faut-il que mon cœur se prépare,
Si jamais il n'obtient sur un si long tourment
1580 Ni d'éteindre l'amour, ni d'accepter l'amant !
Mais c'est trop de scrupule, et ma raison s'étonne
    Du mépris d'un si digne choix :
Bien qu'aux monarques seuls ma naissance me donne,
Rodrigue, avec honneur je vivrai sous tes lois.
    Après avoir vaincu deux rois,
    Pourrais-tu manquer de couronne ?
Et ce grand nom de Cid que tu viens de gagner
Ne fait-il pas trop voir sur qui tu dois régner ?

Il est digne de moi, mais il est à Chimène ;
1590   Le don que j'en ai fait me nuit.
Entre eux la mort d'un père a si peu mis de haine,
Que le devoir du sang à regret le poursuit :
    Ainsi n'espérons aucun fruit
    De son crime, ni de ma peine,
Puisque pour me punir le destin a permis
Que l'amour dure même entre deux ennemis.

Scène 3
L'INFANTE, LÉONOR

L'INFANTE
　Où viens-tu, Léonor?

LÉONOR
　　　　　　　　Vous applaudir, Madame,
　Sur le repos qu'enfin a retrouvé votre âme.

L'INFANTE
　D'où viendrait ce repos dans un comble d'ennui?

LÉONOR
1600 Si l'amour vit d'espoir, et s'il meurt avec lui,
　Rodrigue ne peut plus charmer votre courage.
　Vous savez le combat où Chimène l'engage:
　Puisqu'il faut qu'il y meure, ou qu'il soit son mari,
　Votre espérance est morte et votre esprit guéri.

L'INFANTE
　Ah! qu'il s'en faut encor!

LÉONOR
　　　　　　　　　Que pouvez-vous prétendre?

L'INFANTE
　Mais plutôt quel espoir me pourrais-tu défendre?
　Si Rodrigue combat sous ces conditions,
　Pour en rompre l'effet, j'ai trop d'inventions.
　L'amour, ce doux auteur de mes cruels supplices,
1610 Aux esprits des amants apprend trop d'artifices.

LÉONOR
　Pourrez-vous quelque chose, après qu'un père mort
　N'a pu dans leurs esprits allumer de discord[1]?
　Car Chimène aisément montre par sa conduite

Que la haine aujourd'hui ne fait pas sa poursuite.
Elle obtient un combat, et pour son combattant
C'est le premier offert qu'elle accepte à l'instant :
Elle n'a point recours à ces mains généreuses
Que tant d'exploits fameux rendent si glorieuses ;
Don Sanche lui suffit, et mérite son choix,
1620 Parce qu'il va s'armer pour la première fois.
Elle aime en ce duel son peu d'expérience ;
Comme il est sans renom, elle est sans défiance ;
Et sa facilité vous doit bien faire voir
Qu'elle cherche un combat qui force son devoir,
Qui livre à son Rodrigue une victoire aisée,
Et l'autorise enfin à paraître apaisée.

L'INFANTE

Je le remarque assez, et toutefois mon cœur
À l'envi de Chimène adore ce vainqueur.
À quoi me résoudrai-je, amante infortunée ?

LÉONOR

1630 À vous mieux souvenir de qui vous êtes née :
Le ciel vous doit un roi, vous aimez un sujet !

L'INFANTE

Mon inclination a bien changé d'objet.
Je n'aime plus Rodrigue, un simple gentilhomme ;
Non, ce n'est plus ainsi que mon amour le nomme :
Si j'aime, c'est l'auteur de tant de beaux exploits,
C'est le valeureux Cid, le maître de deux rois.
    Je me vaincrai pourtant, non de peur d'aucun blâme,
Mais pour ne troubler pas une si belle flamme ;
Et quand pour m'obliger on l'aurait couronné,
1640 Je ne veux point reprendre un bien que j'ai donné.
Puisqu'en un tel combat sa victoire est certaine,
Allons encore un coup le donner à Chimène.
Et toi, qui vois les traits dont mon cœur est percé,
Viens me voir achever comme j'ai commencé.

Scène 4
CHIMÈNE, ELVIRE

CHIMÈNE

Elvire, que je souffre, et que je suis à plaindre !
Je ne sais qu'espérer, et je vois tout à craindre ;
Aucun vœu ne m'échappe où j'ose consentir ;
Je ne souhaite rien sans un prompt repentir.
À deux rivaux pour moi je fais prendre les armes :
1650 Le plus heureux succès me coûtera des larmes ;
Et quoi qu'en ma faveur en ordonne le sort,
Mon père est sans vengeance, ou mon amant est mort.

ELVIRE

D'un et d'autre côté je vous vois soulagée :
Ou vous avez Rodrigue, ou vous êtes vengée ;
Et quoi que le destin puisse ordonner de vous,
Il soutient votre gloire, et vous donne un époux.

CHIMÈNE

Quoi ! l'objet de ma haine ou de tant de colère !
L'assassin de Rodrigue ou celui de mon père !
De tous les deux côtés on me donne un mari
1660 Encor tout teint du sang que j'ai le plus chéri ;
De tous les deux côtés mon âme se rebelle :
Je crains plus que la mort la fin de ma querelle :
Allez, vengeance, amour, qui troublez mes esprits,
Vous n'avez point pour moi de douceurs à ce prix ;
Et toi, puissant moteur du destin qui m'outrage [1],
Termine ce combat sans aucun avantage,
Sans faire aucun des deux ni vaincu ni vainqueur.

ELVIRE

Ce serait vous traiter avec trop de rigueur.
Ce combat pour votre âme est un nouveau supplice,

1670 S'il vous laisse obligée à demander justice,
    À témoigner toujours ce haut ressentiment,
    Et poursuivre toujours la mort de votre amant.
    Madame, il vaut bien mieux que sa rare vaillance,
    Lui couronnant le front, vous impose silence ;
    Que la loi du combat étouffe vos soupirs,
    Et que le Roi vous force à suivre vos désirs.

CHIMÈNE
    Quand il sera vainqueur, crois-tu que je me rende ?
    Mon devoir est trop fort, et ma perte trop grande ;
    Et ce n'est pas assez pour leur faire la loi,
1680 Que celle du combat et le vouloir du Roi.
    Il peut vaincre don Sanche avec fort peu de peine,
    Mais non pas avec lui la gloire de Chimène ;
    Et quoi qu'à sa victoire un monarque ait promis,
    Mon honneur lui fera mille autres ennemis.

ELVIRE
    Gardez, pour vous punir de cet orgueil étrange,
    Que le ciel à la fin ne souffre qu'on vous venge.
    Quoi ! vous voulez encor refuser le bonheur
    De pouvoir maintenant vous taire avec honneur ?
    Que prétend ce devoir, et qu'est-ce qu'il espère ?
1690 La mort de votre amant vous rendra-t-elle un père ?
    Est-ce trop peu pour vous que d'un coup de malheur ?
    Faut-il perte sur perte, et douleur sur douleur ?
    Allez, dans le caprice où votre humeur s'obstine,
    Vous ne méritez pas l'amant qu'on vous destine ;
    Et nous verrons du ciel l'équitable courroux
    Vous laisser, par sa mort, don Sanche pour époux.

CHIMÈNE
    Elvire, c'est assez des peines que j'endure,
    Ne les redouble point de ce funeste augure.
    Je veux, si je le puis, les éviter tous deux ;
1700 Sinon, en ce combat Rodrigue a tous mes vœux :
    Non qu'une folle ardeur de son côté me penche ;

Mais s'il était vaincu, je serais à don Sanche ;
Cette appréhension fait naître mon souhait.
Que vois-je, malheureuse ? Elvire, c'en est fait.

Scène 5
DON SANCHE, CHIMÈNE, ELVIRE

DON SANCHE

Obligé d'apporter à vos pieds cette épée...

CHIMÈNE

Quoi ? du sang de Rodrigue encor toute trempée ?
Perfide, oses-tu bien te montrer à mes yeux,
Après m'avoir ôté ce que j'aimais le mieux ?
    Éclate, mon amour, tu n'as plus rien à craindre :
1710 Mon père est satisfait, cesse de te contraindre.
Un même coup a mis ma gloire en sûreté,
Mon âme au désespoir, ma flamme en liberté.

DON SANCHE

D'un esprit plus rassis...

CHIMÈNE

               Tu me parles encore,
Exécrable assassin d'un héros que j'adore ?
Va, tu l'as pris en traître ; un guerrier si vaillant
N'eût jamais succombé sous un tel assaillant.
N'espère rien de moi, tu ne m'as point servie :
En croyant me venger, tu m'as ôté la vie[1].

DON SANCHE

Étrange impression, qui loin de m'écouter...

CHIMÈNE

1720 Veux-tu que de sa mort je t'écoute vanter,
Que j'entende à loisir avec quelle insolence
Tu peindras son malheur, mon crime et ta vaillance ?

Scène 6

DON FERNAND, DON DIÈGUE, DON ARIAS,
DON SANCHE, DON ALONSE, CHIMÈNE, ELVIRE

CHIMÈNE

Sire, il n'est plus besoin de vous dissimuler
Ce que tous mes efforts ne vous ont pu celer.
J'aimais, vous l'avez su ; mais pour venger mon père,
J'ai bien voulu proscrire une tête si chère :
Votre Majesté, Sire, elle-même a pu voir
Comme j'ai fait céder mon amour au devoir.
Enfin Rodrigue est mort, et sa mort m'a changée
1730 D'implacable ennemie en amante affligée.
J'ai dû cette vengeance à qui m'a mise au jour,
Et je dois maintenant ces pleurs à mon amour.
Don Sanche m'a perdue en prenant ma défense,
Et du bras qui me perd je suis la récompense !
Sire, si la pitié peut émouvoir un roi,
De grâce, révoquez une si dure loi ;
Pour prix d'une victoire où je perds ce que j'aime,
Je lui laisse mon bien ; qu'il me laisse à moi-même ;
Qu'en un cloître sacré je pleure incessamment,
1740 Jusqu'au dernier soupir, mon père et mon amant.

DON DIÈGUE

Enfin, elle aime, Sire, et ne croit plus un crime
D'avouer par sa bouche un amour légitime.

DON FERNAND

Chimène, sors d'erreur, ton amant n'est pas mort,
Et don Sanche vaincu t'a fait un faux rapport.

DON SANCHE

Sire, un peu trop d'ardeur malgré moi l'a déçue :
Je venais du combat lui raconter l'issue.

Ce généreux guerrier, dont son cœur est charmé :
« Ne crains rien, m'a-t-il dit, quand il m'a désarmé ;
Je laisserais plutôt la victoire incertaine,
1750 Que de répandre un sang hasardé pour Chimène ;
Mais puisque mon devoir m'appelle auprès du Roi,
Va de notre combat l'entretenir pour moi,
De la part du vainqueur lui porter ton épée. »
Sire, j'y suis venu : cet objet l'a trompée ;
Elle m'a cru vainqueur, me voyant de retour,
Et soudain sa colère a trahi son amour
Avec tant de transport et tant d'impatience,
Que je n'ai pu gagner un moment d'audience.
    Pour moi, bien que vaincu, je me répute heureux ;
1760 Et malgré l'intérêt de mon cœur amoureux,
Perdant infiniment, j'aime encor ma défaite,
Qui fait le beau succès d'une amour si parfaite.

DON FERNAND

Ma fille, il ne faut point rougir d'un si beau feu,
Ni chercher les moyens d'en faire un désaveu.
Une louable honte en vain t'en sollicite :
Ta gloire est dégagée et ton honneur est quitte ;
Ton père est satisfait, et c'était le venger
Que mettre tant de fois ton Rodrigue en danger.
Tu vois comme le ciel autrement en dispose.
1770 Ayant tant fait pour lui, fais pour toi quelque chose,
Et ne sois point rebelle à mon commandement,
Qui te donne un époux aimé si chèrement.

Scène 7

DON FERNAND, DON DIÈGUE, DON ARIAS,
DON RODRIGUE, DON ALONSE, DON SANCHE,
L'INFANTE, CHIMÈNE, LÉONOR, ELVIRE

L'INFANTE

Sèche tes pleurs, Chimène, et reçois sans tristesse
Ce généreux vainqueur des mains de ta princesse.

DON RODRIGUE

Ne vous offensez point, Sire, si devant vous
Un respect amoureux me jette à ses genoux.
Je ne viens point ici demander ma conquête :
Je viens tout de nouveau vous apporter ma tête,
Madame ; mon amour n'emploiera point pour moi
1780 Ni la loi du combat, ni le vouloir du Roi.
Si tout ce qui s'est fait est trop peu pour un père,
Dites par quels moyens il vous faut satisfaire.
Faut-il combattre encor mille et mille rivaux,
Aux deux bouts de la terre étendre mes travaux,
Forcer moi seul un camp, mettre en fuite une armée,
Des héros fabuleux passer la renommée ?
Si mon crime par là se peut enfin laver,
J'ose tout entreprendre, et puis tout achever ;
Mais si ce fier honneur, toujours inexorable,
1790 Ne se peut apaiser sans la mort du coupable,
N'armez plus contre moi le pouvoir des humains :
Ma tête est à vos pieds, vengez-vous par vos mains ;
Vos mains seules ont droit de vaincre un invincible ;
Prenez une vengeance à tout autre impossible.
Mais du moins que ma mort suffise à me punir :
Ne me bannissez point de votre souvenir ;
Et puisque mon trépas conserve votre gloire,
Pour vous en revancher conservez ma mémoire,

Et dites quelquefois, en déplorant mon sort :
1800 « S'il ne m'avait aimée, il ne serait pas mort. »

CHIMÈNE

Relève-toi, Rodrigue. Il faut l'avouer, Sire,
Je vous en ai trop dit pour m'en pouvoir dédire.
Rodrigue a des vertus que je ne puis haïr ;
Et quand un roi commande, on lui doit obéir.
Mais à quoi que déjà vous m'ayez condamnée,
Pourrez-vous à vos yeux souffrir cet hyménée ?
Et quand de mon devoir vous voulez cet effort[1],
Toute votre justice en est-elle d'accord ?
Si Rodrigue à l'État devient si nécessaire,
1810 De ce qu'il fait pour vous dois-je être le salaire,
Et me livrer moi-même au reproche éternel
D'avoir trempé mes mains dans le sang paternel ?

DON FERNAND

Le temps assez souvent a rendu légitime
Ce qui semblait d'abord ne se pouvoir sans crime :
Rodrigue t'a gagnée, et tu dois être à lui.
Mais quoique sa valeur t'ait conquise aujourd'hui,
Il faudrait que je fusse ennemi de ta gloire
Pour lui donner sitôt le prix de sa victoire.
Cet hymen différé ne rompt point une loi
1820 Qui sans marquer de temps lui destine ta foi.
Prends un an, si tu veux, pour essuyer tes larmes.
  Rodrigue, cependant, il faut prendre les armes.
Après avoir vaincu les Mores sur nos bords,
Renversé leurs desseins, repoussé leurs efforts,
Va jusqu'en leur pays leur reporter la guerre,
Commander mon armée, et ravager leur terre :
À ce nom seul de Cid ils trembleront d'effroi ;
Ils t'ont nommé seigneur, et te voudront pour roi.
Mais parmi tes hauts faits sois-lui toujours fidèle :
1830 Reviens-en, s'il se peut, encor plus digne d'elle ;
Et par tes grands exploits fais-toi si bien priser,

Jean-Claude Jay (don Fernand), José-Marie Flotas (Rodrigue).
(Mise en scène de D. Llorca. (Th. de la Ville, 1972.)

Qu'il lui soit glorieux alors de t'épouser.

DON RODRIGUE

Pour posséder Chimène, et pour votre service,
Que peut-on m'ordonner que mon bras n'accomplisse ?
Quoi qu'absent de ses yeux il me faille endurer,
Sire, ce m'est trop d'heur de pouvoir espérer.

DON FERNAND

Espère en ton courage, espère en ma promesse ;
Et possédant déjà le cœur de ta maîtresse,
Pour vaincre un point d'honneur qui combat contre
1840 Laisse faire le temps, ta vaillance et ton roi.   [toi.

Examen du « Cid »
par Corneille[1]

Ce poème a tant d'avantages du côté du sujet et des pensées brillantes dont il est semé que la plupart de ses auditeurs n'ont pas voulu voir les défauts de sa conduite[2] et ont laissé enlever leurs suffrages au plaisir que leur a donné sa représentation. Bien que ce soit celui de tous mes ouvrages réguliers où je me suis permis le plus de licence, il passe encore pour le plus beau auprès de ceux qui ne s'attachent pas à la dernière sévérité des règles ; et depuis cinquante ans[3] qu'il tient sa place sur nos théâtres, l'histoire ni l'effort de l'imagination n'y ont rien fait voir qui en aie effacé l'éclat. Aussi a-t-il les deux grandes conditions que demande **Aristote** aux tragédies parfaites, et dont l'assemblage se rencontre si rarement chez les anciens et chez les modernes ; il les assemble même plus fortement et plus noblement que les espèces que pose ce philosophe. Une maîtresse que son devoir force à poursuivre la mort de son amant, qu'elle tremble d'obtenir, a les passions plus vives et plus allumées que tout ce qui peut se passer entre un mari et sa femme, une mère et son fils, un frère et sa sœur ; et la haute vertu dans un naturel sensible à ces passions, qu'elle dompte sans les affaiblir, et à qui elle laisse toute leur force pour en triompher plus glorieusement, a quelque chose de plus touchant, de plus élevé et de plus aimable que cette médiocre bonté, capable d'une faiblesse, et même d'un crime, où nos anciens étaient contraints d'arrêter le caractère le plus parfait des rois et des princes dont ils faisaient leurs héros, afin que ces taches et ces forfaits, défigurant ce qu'ils leur laissaient de vertu, s'accommodassent au goût et aux souhaits de leurs spectateurs, et fortifiassent l'horreur qu'ils avaient conçue de leur domination et de la monarchie.

Rodrigue suit ici son devoir sans rien relâcher de sa passion, **Chimène** fait la même chose, à son tour, sans laisser ébranler son dessein par la douleur où elle se voit abîmée par là ; et si la présence de son amant lui fait faire quelques faux pas, c'est une glissade dont elle se relève à l'heure même ; et non seulement elle connaît si bien sa faute qu'elle nous en avertit, mais elle fait un prompt désaveu de tout ce qu'une vue si chère lui a pu arracher. Il n'est point besoin qu'on lui reproche qu'il lui est honteux de souffrir l'entretien de son amant après qu'il a tué son père ; elle avoue que c'est la seule prise que la médisance aura sur elle. Si elle s'emporte jusqu'à lui dire qu'elle veut bien qu'on sache qu'elle l'adore et le poursuit, ce n'est point une résolution si ferme, qu'elle l'empêche de cacher son amour de tout son possible lorsqu'elle est en la présence du Roi. S'il lui échappe de l'encourager au combat contre don Sanche par ces paroles :

Sors vainqueur d'un combat dont Chimène est le prix,

elle ne se contente pas de s'enfuir de honte au même moment ; mais sitôt qu'elle est avec Elvire, à qui elle ne déguise rien de ce qui se passe dans son âme, et que la vue de ce cher objet ne lui fait plus de violence, elle forme un souhait plus raisonnable, qui satisfait sa vertu et son amour tout ensemble, et demande au Ciel que le combat se termine

Sans faire aucun des deux ni vaincu ni vainqueur.

Si elle ne dissimule point qu'elle penche du côté de

Rodrigue, de peur d'être à don Sanche, pour qui elle a de l'aversion, cela ne détruit point la protestation, qu'elle a faite un peu auparavant, que malgré la loi de ce combat, et les promesses que le Roi a faites à Rodrigue, elle lui fera mille autres ennemis, s'il en sort victorieux. Ce grand éclat même qu'elle laisse faire à son amour après qu'elle le croit mort, est suivi d'une opposition vigoureuse à l'exécution de cette loi qui la donne à son amant, et elle ne se tait qu'après que le Roi l'a différée, et lui a laissé lieu d'espérer qu'avec le temps il y pourra survenir quelque obstacle. Je sais bien que le silence passe d'ordinaire pour une marque de consentement ; mais quand les rois parlent, c'en est une de contradiction : on ne manque jamais à leur applaudir quand on entre dans leurs sentiments ; et le seul moyen de leur contredire avec le respect qui leur est dû, c'est de se taire, quand leurs ordres ne sont pas si pressants qu'on ne puisse remettre à s'excuser de leur obéir lorsque le temps en sera venu, et conserver cependant une espérance légitime d'un empêchement, qu'on ne peut encore déterminément prévoir.

Il est vrai que dans ce sujet il faut se contenter de tirer Rodrigue de péril, sans le pousser jusqu'à son mariage avec Chimène. Il est historique et a plu en son temps ; mais bien sûrement il déplairait au nôtre ; et j'ai peine à voir que Chimène y consente chez l'auteur espagnol, bien qu'il donne plus de trois ans de durée à la comédie qu'il en a faite. Pour ne pas contredire l'histoire, j'ai cru ne me pouvoir dispenser d'en jeter quelque idée, mais avec incertitude de l'effet[1], et ce n'était que par là que je pouvais accorder la bienséance du théâtre avec la vérité de l'événement.

Les deux **visites que Rodrigue fait à sa maîtresse** ont quelque chose qui choque cette bienséance de la part de celle qui les souffre ; la rigueur du devoir voulait qu'elle refusât de lui parler et s'enfermât dans son cabinet, au lieu de l'écouter ; mais permettez-moi de dire avec un des premiers esprits de notre siècle, « que leur conversation est remplie de si beaux sentiments, que plusieurs n'ont pas connu ce défaut, et que ceux qui l'ont connu l'ont toléré ». J'irai plus outre, et dirai que tous presque ont souhaité que ces entretiens se fissent ; et j'ai remarqué aux premières représentations qu'alors que ce malheureux amant se présentait devant elle, il s'élevait un certain frémissement dans l'assemblée, qui marquait une curiosité merveilleuse et un redoublement d'attention pour ce qu'ils avaient à se dire dans un état si pitoyable. Aristote dit qu'il y a des absurdités qu'il faut laisser dans un poème, quand on peut espérer qu'elles seront bien reçues ; et il est du devoir du poète, en ce cas, de les couvrir de tant de brillants qu'elles puissent éblouir. Je laisse au jugement de mes auditeurs si je me suis assez bien acquitté de ce devoir pour justifier par là ces deux scènes. Les pensées de la première des deux sont quelquefois trop spirituelles pour partir de personnes fort affligées ; mais outre que je n'ai fait que la paraphraser de l'espagnol, si nous ne nous permettions quelque chose de plus ingénieux que le cours ordinaire de la passion, nos poèmes ramperaient souvent, et les grandes douleurs ne mettraient dans la bouche de nos acteurs que des exclamations et des hélas. Pour ne déguiser rien, cette offre que fait Rodrigue de son épée à Chimène, et cette protestation de se laisser tuer par don Sanche, ne me plairaient pas maintenant. Ces beautés étaient de mise en ce temps-là et ne le seraient plus en celui-ci. La première est dans l'original espagnol, et l'autre est tirée sur ce modèle. Toutes les deux ont fait leur effet en ma faveur ; mais je ferais scrupule d'en étaler de pareilles à l'avenir sur notre théâtre.

J'ai dit ailleurs[1] ma pensée touchant l'Infante et **le Roi** ; il reste néanmoins quelque chose à examiner sur la manière dont ce dernier agit, qui ne paraît pas assez

vigoureuse, en ce qu'il ne fait pas arrêter le Comte après
le soufflet donné, et n'envoie pas des gardes à don Diègue et à son fils[1]. Sur quoi on peut considérer que don
Fernand étant le premier roi de Castille, et ceux qui en
avaient été maîtres auparavant lui n'ayant eu titre que
de comtes, il n'était peut-être pas assez absolu sur les
grands seigneurs de son royaume pour le pouvoir faire.
Chez don Guillem de Castro, qui a traité ce sujet avant
moi, et qui devait mieux connaître que moi quelle était
l'autorité de ce premier monarque de son pays, le soufflet se donne en sa présence et en celle de deux ministres
d'État, qui lui conseillent, après que le Comte s'est retiré
fièrement et avec bravade, et que don Diègue a fait la
même chose en soupirant, de ne le pousser point à bout,
parce qu'il a quantité d'amis dans les Asturies, qui se
pourraient révolter et prendre parti avec les Mores dont
son État est environné. Ainsi il se résout d'accommoder
l'affaire sans bruit et recommande le secret à ces deux
ministres, qui ont été seuls témoins de l'action. C'est sur
cet exemple que je me suis cru bien fondé à le faire agir
plus mollement qu'on ne ferait en ce temps-ci, où l'autorité royale est plus absolue. Je ne pense pas non plus
qu'il fasse une faute bien grande de ne jeter point
l'alarme de nuit dans sa ville, sur l'avis incertain qu'il a
du dessein des Mores, puisqu'on faisait bonne garde sur
les murs et sur le port ; mais il est inexcusable de n'y
donner aucun ordre après leur arrivée et de laisser tout
faire à Rodrigue. La loi du combat qu'il propose à Chimène, avant que de le permettre à don Sanche contre
Rodrigue, n'est pas si injuste que quelques-uns ont
voulu le dire, parce qu'elle est plutôt une menace pour
la faire dédire de la demande de ce combat qu'un arrêt
qu'il lui veuille faire exécuter. Cela paraît en ce qu'après
la victoire de Rodrigue il n'en exige pas précisément
l'effet de sa parole et la laisse en état d'espérer que cette
condition n'aura point de lieu.

Je ne puis dénier que la **règle des vingt et quatre heures** presse trop les incidents de cette pièce. La mort du comte et l'arrivée des Mores s'y pouvaient entre-suivre d'aussi près qu'elles font, parce que cette arrivée est une surprise qui n'a point de communication, ni de mesures à prendre avec le reste ; mais il n'en va pas ainsi du combat de don Sanche, dont le Roi était le maître, et pouvait lui choisir un autre temps que deux heures après la fuite des Mores. Leur défaite avait assez fatigué Rodrigue toute la nuit pour mériter deux ou trois jours de repos, et même il y avait quelque apparence qu'il n'en était pas échappé sans blessures, quoique je n'en aie rien dit, parce qu'elles n'auraient fait que nuire à la conclusion de l'action.

Cette même règle presse aussi trop Chimène de demander justice au Roi la seconde fois. Elle l'avait fait le soir auparavant, et n'avait aucun sujet d'y retourner le lendemain matin pour en importuner le Roi, dont elle n'avait encore aucun lieu de se plaindre, puisqu'elle ne pouvait encore dire qu'il lui eût manqué de promesse. Le roman lui aurait donné sept ou huit jours de patience avant que de l'en presser de nouveau ; mais les vingt et quatre heures ne l'ont pas permis : c'est l'incommodité de la règle. Passons à celle de l'**unité de lieu,** qui ne m'a pas donné moins de gêne en cette pièce. Je l'ai placée dans Séville, bien que don Fernand n'en ait jamais été le maître ; et j'ai été obligé à cette falsification pour former quelque vraisemblance à la descente des Mores, dont l'armée ne pouvait venir si vite par terre que par eau. Je ne voudrais pas assurer toutefois que le flux de la mer monte effectivement jusque-là ; mais, comme dans notre Seine il fait encore plus de chemin qu'il ne lui en fait faire sur le Guadalquivir pour battre les murailles de cette ville, cela peut suffire à fonder quelque probabilité parmi nous, pour ceux qui n'ont point été sur le lieu même.

Cette arrivée des Mores ne laisse pas d'avoir ce
défaut, que j'ai marqué ailleurs, qu'ils se présentent
d'eux-mêmes sans être appelés dans la pièce, directement ni indirectement, par aucun acteur du premier
acte. Ils ont plus de justesse dans l'irrégularité de
l'auteur espagnol : Rodrigue, n'osant plus se montrer à
la Cour, les va combattre sur la frontière ; et ainsi le
premier acteur les va chercher et leur donne place dans
le poème, au contraire de ce qui arrive ici, où ils semblent se venir faire de fête exprès pour en être battus, et
lui donner moyen de rendre à son roi un service d'importance, qui lui fasse obtenir sa grâce. C'est une
seconde incommodité de la règle dans cette tragédie.

Tout s'y passe donc dans Séville, et garde ainsi quelque espèce d'unité de lieu en général ; mais le lieu particulier change de scène en scène, et tantôt c'est le palais
du Roi, tantôt l'appartement de l'Infante, tantôt la maison de Chimène, et tantôt une rue ou place publique. On
le détermine aisément pour les scènes détachées, mais
pour celles qui ont leur liaison ensemble, comme les
quatre dernières du premier acte, il est malaisé d'en
choisir un qui convienne à toutes. Le Comte et don
Diègue se querellent au sortir du palais, cela se peut
passer dans une rue ; mais, après le soufflet reçu, don
Diègue ne peut pas demeurer en cette rue à faire ses
plaintes, attendant que son fils survienne, qu'il ne soit
tout aussitôt environné de peuple, et ne reçoive l'offre
de quelques amis. Ainsi il serait plus à propos qu'il se
plaignît dans sa maison, où le met l'Espagnol, pour laisser aller ses sentiments en liberté mais en ce cas il faudrait délier les scènes comme il a fait. En l'état où elles
sont ici, on peut dire qu'il faut quelquefois aider au
théâtre et suppléer favorablement ce qui ne s'y peut
représenter. Deux personnes s'y arrêtent pour parler, et
quelquefois il faut présumer qu'ils marchent, ce qu'on
ne peut exposer sensiblement à la vue, parce qu'ils

échapperaient aux yeux avant que d'avoir pu dire ce qu'il est nécessaire qu'ils fassent savoir à l'auditeur. Ainsi, par une fiction de théâtre, on peut s'imaginer que don Diègue et le Comte, sortant du palais du Roi, avancent toujours en se querellant, et sont arrivés devant la maison de ce premier lorsqu'il reçoit le soufflet qui l'oblige à y entrer pour y chercher du secours. Si cette fiction poétique ne vous satisfait point, laissons-le dans la place publique, et disons que le concours du peuple autour de lui après cette offense, et les offres de service que lui font les premiers amis qui s'y rencontrent, sont des circonstances que le roman ne doit pas oublier ; mais que ces menues actions ne servant de rien à la principale, il n'est pas besoin que le poète s'en embarrasse sur la scène. Horace l'en dispense par ces vers :

> *Hoc amet, hoc spernat promissi carminis auctor.*
> *Pleraque negligat [1].*

Et ailleurs :

> *Semper ad eventum festinet [2].*

C'est ce qui m'a fait négliger, au troisième acte, de donner à don Diègue, pour aide à chercher son fils, aucun des cinq cents amis qu'il avait chez lui. Il y a grande apparence que quelques-uns d'eux l'y accompagnaient, et même que quelques autres le cherchaient pour lui d'un autre côté ; mais ces accompagnements inutiles de personnes qui n'ont rien à dire, puisque celui qu'ils accompagnent a seul tout l'intérêt à l'action, ces sortes d'accompagnement, dis-je, ont toujours mauvaise grâce au théâtre, et d'autant plus que les comédiens n'emploient à ces personnages muets que leurs moucheurs de chandelles [3] et leurs valets, qui ne savent quelle posture tenir.

Les funérailles du Comte étaient encore une chose fort embarrassante, soit qu'elles se soient faites avant la fin de la pièce, soit que le corps ait demeuré en présence dans son hôtel, attendant qu'on y donnât ordre. Le moindre mot que j'en eusse laissé dire, pour en prendre soin, eût rompu toute la chaleur de l'attention, et rempli l'auditeur d'une fâcheuse idée. J'ai cru à propos de les dérober à son imagination par mon silence, aussi bien que le lieu précis de ces quatre scènes du premier acte dont je viens de parler ; et je m'assure que cet artifice m'a si bien réussi, que peu de personnes ont pris garde à l'un ni à l'autre, et que la plupart des spectateurs, laissant emporter leurs esprits à ce qu'ils ont vu et entendu de pathétique en ce poème, ne se sont point avisés de réfléchir sur ces deux considérations.

J'achève par une remarque sur ce que dit **Horace**[1] que ce qu'on expose à la vue touche bien plus que ce qu'on n'apprend que par un récit.

C'est sur quoi je me suis fondé pour faire voir le soufflet que reçoit don Diègue, et cacher aux yeux la mort du Comte, afin d'acquérir et conserver à mon premier acteur l'amitié des auditeurs, si nécessaire pour réussir au théâtre. L'indignité d'un affront fait à un vieillard, chargé d'années et de victoires, les jette aisément dans le parti de l'offensé et cette mort, qu'on vient dire au Roi tout simplement sans aucune narration touchante, n'excite point en eux la commisération qu'y eût fait naître le spectacle de son sang, et ne leur donne aucune aversion pour ce malheureux amant, qu'ils ont vu forcé par ce qu'il devait à son honneur d'en venir à cette extrémité, malgré l'intérêt et la tendresse de son amour.

Commentaires
Notes
par
Alain Couprie

Commentaires

Originalité de l'œuvre

L'originalité du *Cid* est double : l'œuvre marque, dans l'histoire des formes dramatiques en France, l'apogée de la tragi-comédie ; et elle constitue, selon le mot de G. Couton, une « mutation » dans le théâtre de Corneille.

Bien que, pour céder à la mode, son auteur l'ait rebaptisée « tragédie » en 1648, la pièce conserve en effet les traits de ce qu'elle était à sa création en 1637 : une tragi-comédie. Apparu dans la seconde moitié du XVIᵉ siècle, ce genre connaît une grande vogue vers 1630, surpassant, dans la faveur du public, la tragédie, la comédie et même la pastorale, pourtant jusque-là fort populaire. Il se caractérise, selon la définition qu'en propose R. Guichemerre, par une action « souvent complexe, volontiers spectaculaire, parfois détendue par des intermèdes plaisants, où des personnages de rang princier ou nobiliaire voient leur amour ou leur raison de vivre mis en péril par des obstacles qui disparaîtront heureusement au dénouement*». A la tragi-comédie, *Le Cid* va donner son chef-d'œuvre et retarder son déclin jusqu'à la Fronde.

Complexe, l'action l'est à souhait (voir « Analyse de la pièce », p. 131 et « Dramaturgie », p. 152. Elle repose sur le thème traditionnel des amours contrariées. Mais si, après Scudéry ou Rotrou, Corneille l'orchestre à son tour, c'est pour mieux l'approfondir. Un affront qu'il faut laver, une mort qu'il faut venger contraignent deux

* *La Tragi-Comédie*, Paris, P.U.F., 1981, p. 15.

« amants »* à se déchirer. Les obstacles, trop souvent extérieurs, qui séparaient jusqu'alors les « amants » de la tragi-comédie (opposition d'un père, jalousie d'un rival, viol, enlèvement...) s'intériorisaient pour la première fois en une crise morale, où l'honneur le disputait à l'amour. La scène n'avait pas encore montré de héros forcé de poursuivre le père de celle qu'il aime, ni d'héroïne obligée de réclamer la tête d'un fiancé trop cher. Sur cette action principale qui entremêle déjà étroitement passion et vengeance, se greffent deux actions secondaires qui retentissent sur elle. L'une est sentimentale, l'autre militaire et politique. Victime de son rang, l'Infante aime en vain Rodrigue ; don Sanche, de son côté, est épris de Chimène. Quant à la victoire de Rodrigue, elle permet au roi d'asseoir définitivement son autorité.

Complexe, l'action est aussi spectaculaire. Péripéties et rebondissements se multiplient, qui confèrent au *Cid* un rythme rapide, presque haletant : une querelle, un duel, des stances, un procès, un récit de combat, un duel judiciaire, des retrouvailles... L'héroïsme baigne par ailleurs toute la pièce. Nul qui n'y ait à cœur de rappeler ses exploits ou d'en accomplir. Don Diègue se souvient de ses anciens faits d'armes, le Comte vante son glorieux et récent passé. Où qu'il surgisse, Rodrigue vole de victoire en victoire. Lui qui ne s'est jamais battu l'emporte d'emblée sur le Comte. Son combat contre les Maures est une merveille de stratégie et de bravoure, et un souffle épique anime le récit qu'il en fait. L'héroïsation du chef de guerre, ainsi que l'a observé J. Starobinski, y affleure partout. Rodrigue vaut à lui seul une armée, devient l'unique sauveur du royaume :

> Ils demandent le chef : je me nomme, ils se rendent
>
> (v. 1326).

---

* Le terme désigne, au XVIIe siècle, celui qui aime et qui est aimé, à la différence de l'« amoureux » qui n'est pas payé de retour (voir, pour les glissements de sens, le « glossaire, p. 175).

Il n'est pas jusqu'à don Sanche qui n'étale son courage et son panache en affrontant Rodrigue, déjà deux fois victorieux dans la journée. Mais de même que le conflit de Rodrigue et de Chimène se transforme en crise morale, de même cet héroïsme, loin d'être gratuit ou artificiel, s'inscrit dans une rhétorique de la race et de la gloire. S'il reste spectaculaire, il est surtout un devoir qu'une longue lignée d'ancêtres impose aux « âmes bien nées » sous peine de dégénérescence.

Le dénouement — du moins celui que Corneille a initialement imaginé en 1637 — respecte enfin la loi de la tragi-comédie, tout en l'infléchissant. Le romanesque en est exclu : point de reconnaissance conventionnelle, de pardon inespéré ou de réconciliation inattendue. La fin demeure conforme à la situation et aux caractères des personnages. Certain, dans la première version du *Cid,* le mariage de Chimène et de Rodrigue était néanmoins repoussé à une date indéterminée, sur les instances mêmes de Chimène :

> Sire, quelle apparence à ce triste hymenee,
> Qu'un même jour commence et finisse mon deuil,
> Mette en mon lit Rodrigue, et mon père au cercueil ?

Ce n'est que plus tard, en 1660, que Corneille modifiera son dénouement, dont on trouvera plus loin les raisons et le détail

Des vers souvent frappés comme des maximes et parfois passés en proverbe achèvent de donner à la pièce une beauté singulière. Les spectateurs qui l'applaudirent au soir de la première ne s'y trompèrent pas : avec *Le Cid,* la tragi-comédie, dont tout comique était désormais banni, atteignait à une grandeur digne de la tragédie. Ce qui explique la facilité avec laquelle, quand la tragi-comédie passa de mode, Corneille put la baptiser « tragédie ».

Le public averti pouvait aussi constater que *Le Cid* constituait un tournant dans la carrière du dramaturge. Pour son coup de maître, Corneille n'en est pas alors à son coup d'essai. Depuis sa première comédie, *Mélite,* créée durant la saison théâtrale 1629-1630, il a fait représenter sept pièces*. L'amour y occupait une place essentielle ; jamais cependant l'une d'elles n'avait renfermé de couple aussi héroïque et admirable que celui de Rodrigue et de Chimène, que l'on analysera dans l'étude « Thèmes et personnages ». Les considérations politiques y étaient par ailleurs maigres, même dans *Médée,* une tragédie pourtant, la seule que Corneille ait écrite avant 1637. Certes, la signification profonde de *Clitandre* nous échappe aujourd'hui encore. Jouée au début de 1631, cette tragi-comédie qui contient une apologie de la clémence royale, plaide-t-elle, comme l'ont avancé G. Charlier et L. Rivaille, en faveur de la grâce du maréchal de Marillac, arrêté après la journée des Dupes et exécuté le 10 mai 1631 ? Ou, la miséricorde princière étant un lieu commun de la littérature de l'époque, s'agit-il d'une simple coïncidence ? Le débat demeure ouvert. A supposer toutefois que Corneille ait voulu attirer l'attention sur le sort du maréchal de Marillac, force est de reconnaître que l'intention reste discrète. Avec *Le Cid,* en revanche, la réflexion politique envahit, pour ne plus la quitter, la scène cornélienne.

Le Cid ou « la naissance de l'État » : tel pourrait être, pour reprendre une formule de Bernard Dort, le sous-titre de la pièce. « Premier roi de Castille », don Fernand doit lutter sur deux fronts : à l'extérieur contre les Maures** ; à l'intérieur contre les Grands, dont la sensibilité s'avère encore parfois toute féodale. Le terme « féodal » a suscité des réserves. Son emploi ne saurait à l'évidence suggérer une quelconque similitude entre la France de Richelieu et le temps des Capulet. Mais sous le règne de Louis XIII comme dans la Castille que dépeint Corneille, les Grands entendent être les seuls juges de leur honneur et de leur réputation. Possédant la plus vive conscience d'appartenir à de longues et illustres lignées, ils détiennent une sorte de « patrimoine moral », qu'ils sont prêts à défendre envers et contre tout, fût-ce contre l'autorité royale :

---

* Voir « Biographie » p. 167.
** Sur ce point, voir « Thèmes et personnages », p. 131.

> L'on peut me réduire à vivre sans bonheur.
> Mais non pas me résoudre à vivre sans honneur
> (v. 395-396),

déclare fièrement le Comte. Don Diègue ne réagit pas
autrement quand il réplique à son fils :

> L'amour n'est qu'un plaisir, l'honneur est un devoir
> (v. 1059) ;

ou quand il répond à don Fernand qui envisage de dispenser Rodrigue de se mesurer avec les champions de
Chimène :

> De pareilles faveurs terniraient trop sa gloire
> (v. 1421).

Or, tant que l'honneur, principe d'indépendance voire
de rébellion, relève de la seule appréciation subjective,
une part essentielle de l'âme noble échappe au contrôle
royal. La question est loin d'être théorique. Prompts à se
révolter sitôt qu'ils s'estiment mal récompensés de leurs
services ou atteints dans leur réputation, ayant une puissance réelle, fondée sur une clientèle dévouée, les
Grands sont un danger potentiel et permanent pour le
pouvoir :

> Tout l'État périra, s'il faut que je périsse
> (v. 378),

menace le Comte lorsque don Arias l'avertit d'une éventuelle sanction du Roi à son égard. Comme Aldebert,
comte de la Marche et du Périgord, à Hugues Capet, il
dirait volontiers à don Fernand : « Qui t'a fait roi ? »
Les rivalités des Grands entre eux ne sont pas un péril
moins grave pour l'État : elles risquent à tout instant de
dégénérer en guerre civile. Après que son fils a tué le
Comte, don Diègue redoute que les amis du Comte ne
vengent la mort de ce dernier. Leur nombre, avoue-t-il,
l'« épouvante » et « confond » sa raison (v. 1019).
Début d'une « vendetta » qui, mettant aux prises les
deux plus grandes familles du royaume, serait fatale à la
Castille — comme le serait probablement et inverse-

ment la réaction des amis de don Diègue si Rodrigue venait à mourir sous les coups d'un vengeur du Comte. L'engrenage serait sans fin.

En devenant juge du drame, le roi n'exerce pas seulement une des principales prérogatives du monarque, il instaure un nouvel ordre politique, qui fait prévaloir la raison d'État sur la justice privée ; Rodrigue est lavé de toute faute :

> Les Mores en fuyant ont emporté son crime
> (v. 1414).

Quoi qu'elle en pense, Chimène doit se plier au jugement du roi. Rodrigue, « soutien de Castille » après le Comte dont il prend la succession, manifeste à la fin de la pièce une totale déférence envers le souverain. Il incarne un nouveau type de noble : celui d'un sujet fidèle, désormais comptable de son sang à l'État, qui sait concilier honneur et obéissance, et dont la gloire réside maintenant dans le « service » du roi.

La leçon n'était pas sans valeur en 1637. Nombreuses étaient les familles qui, victimes de la politique répressive de Richelieu, pouvaient éprouver la tentation de se comporter comme le Comte ou de travailler à la chute du Cardinal — alors que, telle la Castille contre les Maures, la France était en guerre contre l'Espagne (voir ci-dessous « Thèmes et personnages »). L'exemple de Rodrigue les incitait à faire taire leurs querelles et à comprendre que l'honneur restait compatible avec la soumission au prince, que le service de l'État devait tout primer. La magnifique histoire d'amour qui fonde l'attrait du *Cid* se doublait d'un appel à la concorde nationale.

Thèmes et personnages

Analyse de la pièce

On se bornera à une rapide présentation de la pièce, les ressorts de l'intrigue et leur mise en œuvre étant examinés ci-dessous ainsi que dans les rubriques « Le travail de l'écrivain » et surtout « Dramaturgie ».

Le Cid s'ouvre sur une heureuse nouvelle rapportée par Elvire, « gouvernante » de Chimène ; don Gomès, père de Chimène, approuve le mariage de sa fille avec Rodrigue ; un obscur pressentiment empêche toutefois Chimène de laisser éclater sa joie (I, 1). Pour vaincre sa passion pour Rodrigue, à laquelle son rang lui interdit de s'abandonner, l'Infante a favorisé la naissance de l'amour de Rodrigue et de Chimène ; mais cet héroïsme lui demeure douloureux (I, 2). Les craintes de Chimène se concrétisent : don Gomès, humilié de n'être pas choisi comme précepteur du prince, soufflette son heureux rival, don Diègue, le père de Rodrigue (I, 3). L'affront ne se peut laver que dans le sang. Désespéré, don Diègue invite son fils à le venger (I, 5). Devoir qu'au terme d'une longue hésitation, Rodrigue se décide à accomplir, autant par honneur que par amour pour Chimène (I, 6).

L'acte II débute par le refus de don Gomès de présenter, comme le lui ordonne le roi, ses excuses à don Diègue (II, 1). Rodrigue le provoque en duel (II, 2). Attendant l'issue de la rencontre, l'Infante s'efforce de réconforter Chimène (II, 3) — cependant qu'en privé elle reprend espoir : la victoire de Rodrigue, annonciatrice de futurs exploits, le rendrait moins indigne d'elle (II, 5). Le roi, occupé à prévenir une éventuelle invasion des Maures (II, 6), apprend la mort de don Gomès (II, 7). Accourent auprès de lui Chimène, pour réclamer le châtiment de Rodrigue, et don Diègue, pour défendre son fils (II, 8).

L'acte III voit s'introduire Rodrigue chez Chimène (III, 1). Celle-ci qui a refusé à don Sanche, son soupirant malheureux, d'être son champion (III, 2), entend alors Rodrigue lui proposer sa tête (III, 4). Sur les instances de son père, Rodrigue part combattre les Maures dont le débarquement est annoncé comme imminent (III, 6).

L'acte IV retentit de la victoire de Rodrigue. L'Infante conseille à Chimène de renoncer à ses poursuites contre Rodrigue, désormais héros et « soutien » de Castille (IV, 1 et 2). A la demande du roi, Rodrigue, reçu en triomphateur, entreprend le récit de son combat (IV, 3), et disparaît à l'annonce de l'arrivée de Chimène venant réclamer justice (IV, 4). Le roi lui fait croire que Rodrigue est mort des suites du combat : Chimène défaille, se reprend quand on lui dévoile le subterfuge et exige avec plus de force encore la punition de l'assassin de son père. Elle en appelle au duel judiciaire que le roi se résigne à accepter à la condition qu'elle épouse le vainqueur, quel qu'il soit. Don Sanche s'offre à « rencontrer » Rodrigue (IV, 5).

L'acte V commence sur les adieux de Rodrigue à Chimène ; il est en effet décidé à se laisser tuer. Chimène le supplie de vivre et de l'arracher à don Sanche (V, 1). L'Infante étouffe, dans un ultime sursaut, sa passion (V, 2). A Chimène qui confie son angoisse à Elvire (V, 4), apparaît soudain don Sanche, portant l'épée de Rodrigue (V, 2). Croyant Rodrigue mort, Chimène laisse éclater sa douleur et son amour au grand jour. Détrompée (Rodrigue ayant envoyé don Sanche en messager), Chimène avoue toujours aimer Rodrigue (V, 6). Le roi la presse de pardonner et, devant les scrupules de Chimène à épouser Rodrigue, il lui accorde un délai d'un an, durant lequel Rodrigue ira se couvrir de gloire en combattant les Maures (V, 7).

Les thèmes

La richesse du *Cid* rend difficile l'inventaire, même succinct, de ses thèmes.

On ne peut, en ce domaine, qu'évoquer les principaux.

La guerre est l'un d'entre eux. Le climat militaire de la pièce, où le soulagement succède à l'angoisse, n'est pas sans rapport avec celui de la France en lutte depuis 1635 contre l'Espagne et l'Empire. Tandis qu'à l'Est les Autrichiens avaient enlevé la place forte de Dôle, les Espagnols, qui régnaient aussi sur les Pays-Bas, avaient attaqué au Sud où ils s'étaient emparé de Saint-Jean-de-Luz, et surtout au Nord où bientôt la situation était devenue dramatique. La frontière s'était effondrée ; Corbie qui gardait le passage de la Somme tombait le 15 août 1636, entraînant l'exode des populations. Bien que les ponts de l'Oise fussent coupés, on craignait que l'ennemi ne marchât sur la capitale. A Paris comme à Séville,

> La cour est en désordre, et le peuple en alarmes
> (v. 1077).

Une même panique enveloppe les deux villes. Quelques semaines après, une contre-offensive française rétablissait la situation. Corbie était reprise le 14 novembre, et les Impériaux échouaient devant Saint-Jean-de-Losne, sur les rives de la Saône. Sans tenir rigueur à Corneille d'avoir puisé son inspiration dans l'histoire espagnole (voir « Le Travail de l'écrivain », p. 145) — malgré les guerres et à cause d'elles, la France et l'Espagne entretenaient des relations étroites, passionnelles et mouvementées —, les spectateurs de 1637 retrouvaient dans *Le Cid* l'écho de leurs inquiétudes récentes, puis de leur joie. Outre l'actualité de cette atmosphère de guerre, la tactique des Maures cherchant à gagner Séville par le Guadalquivir s'expliquerait, à en croire P. Louys, par un épisode militaire et rouennais plus ancien. En janvier 1592, durant le conflit qui opposait déjà Henri IV à l'Espagne, une flotte des États de Hollande avait tenté de remonter nuitamment la Seine jusqu'à Paris, et avait été interceptée à Rouen. Corneille en avait-il entendu parler dans sa jeunesse et s'en était-il souvenu au moment d'écrire *Le Cid* ? Quoi qu'il en soit, comme *Horace* en 1640, *Le Cid* retentit des luttes nationales.

a) Les duels

Les duels dont G. Couton, dans son *Réalisme de Corneille,* a analysé les différents aspects, constituent une autre ligne de force de l'œuvre. La pièce en évoque trois sortes. Le duel « à tous venants » qui verrait combattre Rodrigue contre de successifs champions de Chimène jusqu'à ce que l'un d'eux triomphât de lui (IV, 5, v. 1401-1405) n'a jamais existé. Le duel judiciaire entre Rodrigue et don Sanche correspond à une « vieille coutume ». Destiné à châtier un présumé coupable dont la justice n'avait pu réunir les preuves de la culpabilité ou à laver un suspect de toute accusation, selon que Dieu lui accordait ou non la victoire, il avait été réglementé par une ordonnance de Philippe le Bel, en 1306. Mais le concile de Trente en avait depuis condamné la pratique, et il n'avait plus cours au XVIIe siècle, le dernier en date remontant au règne d'Henri II : il avait mis aux prises, dans un combat resté célèbre, Jarnac et La Châtaigneraie. Préparant les rebondissements de l'acte V, son intérêt est d'ordre romanesque.

Le duel « à la *mazza* » — selon l'expression napolitaine dont use Brantôme pour qualifier les duels « à la haie », c'est-à-dire hors des villes, sans contrôle ni cérémonial — entre Rodrigue et le Comte était en revanche d'une brûlante actualité. Ces « rencontres », par lesquelles les nobles réglaient de leur propre chef leurs différends, posaient un délicat problème aux autorités politiques et religieuses. Leur fréquence avait de désastreuses conséquences démographiques. On a pu calculer que quatre mille gentilshommes trouvèrent ainsi la mort dans les dix dernières années du règne de Henri IV. C'étaient autant d'officiers, souvent valeureux, que l'armée perdait, ce qu'aucun pays, *a fortiori* en guerre, ne pouvait admettre. Enfin le duel illustrait le choc de deux morales, celles du noble et du sujet, dont on vient de voir quels dangers il pouvait faire courir à l'État, les gentilshommes choisissant toujours la défense de leur honneur avant le dévouement au prince. Don Fernand le sait bien, qui essaie sinon de remplacer l'honneur nobiliaire par le devoir du sujet, du moins de les réunir, quand il réplique à don Sanche, cherchant à excuser la conduite du Comte :

> Et quoi qu'on veuille dire, et quoi qu'il ose croire,
> Le Comte à m'obéir ne peut perdre sa gloire
>
> (v. 601-602).

Aussi, secondé par l'Église qui rappelait le cinquième commandement du Décalogue : « Tu ne tueras point », le pouvoir s'efforçait-il d'empêcher par tous les moyens les duels « à la *mazza* ». Un tribunal des Maréchaux, composé de Grands au passé militaire irréprochable afin que nul ne doutât de leur courage, avait été institué pour régler à l'amiable les questions d'honneur et pour, le cas échéant, se porter garant de la réputation de tout gentilhomme qui, pour obéir au roi, s'adressait à ses membres et refusait de se battre. Des édits, régulièrement publiés, prévoyaient des peines sévères contre les duellistes (amende, bannissement, condamnation à mort du duelliste vainqueur) ou contre ceux qui, ayant vent d'une « rencontre » ou d'un « appel », n'en soufflaient mot à la prévôté. Trop rigoureux, ces édits avaient été rarement appliqués, jusqu'à ce que Richelieu en promulguât deux, en février 1626 et en mai 1634, dont les peines, contrairement à ce qu'on pense en général, étaient moins rudes, mais qu'il fit respecter avec fermeté. Le public d'alors, en regardant jouer *Le Cid*, ne pouvait pas ne pas songer à cette politique du Cardinal. La nette condamnation du Comte, le refus du roi d'autoriser le duel « à tous venants », ses réticences à permettre le duel judiciaire, les conditions restrictives qu'il impose au déroulement de celui-ci (IV, 5, v. 1450-1453) : tous ses efforts et propos rejoignent ceux de Richelieu. Comme lui, il avance contre le duel des raisons morales et politiques :

> Cette vieille coutume en ces lieux établie,
> Sous couleur de punir un injuste attentat,
> Des meilleurs combattants affaiblit un État ;
> Souvent de cet abus le succès déplorable

> Opprime l'innocent, et soutient le coupable
> (v. 1406-1410).

L'édit de 1634 qualifiait les duels de

> crime, qui offense grièvement la majesté de Dieu, et, par une
> espèce de sacrilège détestable, détruit ses temples vivants et
> animés [...], désole les nobles familles de notre royaume et
> enfin affaiblit l'État, par la perte du sang de tant de gentils-
> hommes qui le pourraient user bien plus utilement et honora-
> blement pour sa défense et sa sûreté.

Corneille constate l'existence du duel, mais pour la regretter et la juger néfaste. Une preuve supplémentaire en est fournie par la suppression (ordonnée en haut lieu ?), quelques jours après la première du *Cid,* de quatre vers prononcés par le Comte, dont les partisans du duel auraient pu tirer profit. A don Arias, venu lui proposer un « accommodement », il répondait :

> Ces satisfactions n'apaisent point une âme,
> Qui les reçoit n'a rien, qui les fait se diffame,
> Et de tous ces accords l'effet le plus commun
> Est de perdre d'honneur deux hommes au lieu d'un.

Sur ce point, Corneille, comme plus tard Molière, s'associe à la politique gouvernementale.

b) L'amour

Mais c'est évidemment le thème de l'amour qui domine l'œuvre. A travers l'Infante, Rodrigue et Chimène, Corneille en dessine un visage complexe, à la fois mystérieux et exaltant. L'amour se présente d'abord comme une force irrésistible. Il est, selon l'Infante, « un tyran qui n'épargne personne » et qui bouleverse la raison.

> Quand le cœur est atteint d'un si charmant poison
> (v. 524).

Il est aussi une source d'exigence. A moins de méconnaître sa véritable nature, l'amour ne saurait avilir qui en brûle. De l'enseignement des jésuites dont il a été le disciple fidèle et de ses lectures de *L'Astrée,* comme l'a montré R. Garapon dans son *Premier Corneille,* le dramaturge garde la conviction que l'amour incite au dépassement de soi. Il n'entrave pas la liberté : il l'épanouit. Il ne contredit aucun devoir : il les intègre tous. Loin de se limiter au désir physique, qu'il n'ignore pas, l'amour conduit, par la connaissance des mérites de l'autre, à la « fusion des cœurs et des volontés ». Telle était l'analyse que Corneille développait dans ses pièces précédentes. Au personnage d'Alidor, « amoureux extravagant » de *La Place Royale,* qui, incapable de sortir de son égoïsme, préfère renoncer a Angélique par crainte d'aliéner sa liberté, correspond inversement la généreuse Clarice de *La Veuve* discernant, malgré la pauvreté de celui-ci, les mérites de Philiste.

A cette conception de l'amour, *Le Cid* apporte une éclatante et douloureuse illustration. Grâce, entre autres, aux travaux d'O. Nadal, on comprend mieux aujourd'hui le drame de Chimène et de Rodrigue. Celui-ci naît d'une évolution des mœurs que ni don Diègue ni le Comte — adhérant aux mêmes valeurs, bien qu'ils appartiennent à deux générations différentes — ne comprennent. Élevés dans un monde guerrier où priment la force brutale et la gloire qui la consacre, et qui, de ce fait, exclut les femmes (il n'est fait aucune mention de leur épouse, pas plus que de celle du roi), les deux hommes méprisent l'amour qu'ils ravalent au rang d'un « plaisir ». D'une autre époque, leurs enfants l'érigent au contraire en valeur, et la fidélité amoureuse leur apparaît une vertu au même titre que la gloire :

> Je dois à ma maîtresse aussi bien qu'à mon père
>
> (v. 322),

affirme Rodrigue. Mais cette évolution morale ne les pousse pas pour autant à négliger leur devoir.

Le Cid n'oppose pas l'honneur à l'amour : il en réalise la synthèse. Ni Rodrigue ni Chimène ne contestent en effet la dure loi de défendre leur réputation :

> J'avais part à l'affront, j'en ai cherché l'auteur :
> Je l'ai vu, j'ai vengé mon honneur et mon père ;
> Je le ferais encor, si j'avais à le faire
>
> (v. 876-878),

dit Rodrigue ; à quoi Chimène répond :

> Je sais ce que l'honneur, après un tel outrage,
> Demandait à l'ardeur d'un généreux courage :
> Tu n'as fait le devoir que d'un homme de bien
>
> (v. 909-911).

S'il ne défendait pas son honneur, Rodrigue « dégénérerait » et deviendrait aussitôt indigne de Chimène :

> Qui m'aima généreux, me haïrait infâme
>
> (v. 890).

La même nécessité s'impose à Chimène après la mort de son père. Pour subsister et demeurer une valeur anoblissante, l'amour exige que l'honneur soit satisfait ; mais, pour être satisfait, l'honneur exige que l'amour soit en péril. Ce que Péguy traduisait en ces termes : « L'honneur est aimé d'amour et l'amour est honoré d'honneur. »

Le drame se dénoue par la constitution d'un couple héroïque dont *Le Cid,* avant *Horace* et *Cinna,* offre le premier exemple du théâtre cornélien. L'effort qu'ils font sur eux-mêmes, où l'oubli de soi s'accompagne de la compréhension de l'autre, rend Chimène et Rodrigue dignes l'un de l'autre. Par lui et en lui, ils se reconnaissent et se lient beaucoup plus sûrement que les unissait l'accord de leurs familles respectives, avant que la querelle entre les pères éclatât. Au duo élégiaque qui termine leur première entrevue : « Ô miracle d'amour ! — Ô comble de misères ! » fait écho, à la fin de la pièce, avant le départ de Rodrigue, ce double aveu des amants :

> Un respect amoureux me jette à ses genoux
>
> (v. 1776)...
> Rodrigue a des vertus que je ne puis haïr
>
> (v. 1803).

Rodrigue et Chimène découvrent dans l'épreuve leur mutuelle grandeur d'âme. Si l'on se réfère au dénouement de 1637, le mariage consacre cette connaissance, presque au sens claudélien du terme. Si l'on adopte la version définitive de la pièce, leur union devient plus incertaine (voir « La querelle du *Cid* », p. 158). Mais, même en son absence, Rodrigue et Chimène demeureront à jamais liés par le cœur.

Les personnages

Comme les pièces précédentes de Corneille, *Le Cid* a été créé par la troupe du Marais, que dirigeait l'acteur Mondory*. Il comprend onze rôles : quatre féminins et sept masculins.

Don Diègue *(âgé d'environ soixante ans : un « vieillard » pour l'époque)* fut joué, suppose-t-on, par André Baron, qui tint ce rôle plus tard à l'Hôtel de Bourgogne ; il en mourut, selon Tallemant des Réaux : « Il se piqua au pied et la gangrène s'y mit, marchant trop brutalement sur son épée en faisant le personnage de don Diègue. » L'acteur était réputé pour la violence de son jeu et il a dû incarner un don Diègue véhément. Remarquable chef de guerre dans le passé (I, 3), don Diègue est un homme couvert de gloire, dont le roi estime assez la fidélité et l'expérience pour lui confier l'éducation du jeune prince. Respectueux de la monarchie (I, 3), il n'hésite pourtant pas à contredire son souverain dès lors qu'il considère qu'il y va de l'honneur de sa famille (IV, 5). Son désespoir de ne pouvoir se venger lui-même (I, 4), puis sa joie de voir combien Rodrigue se montre digne de lui et de ses ancêtres (I, 5) illustrent l'intransigeance avec laquelle il défend son nom. Dépositaire et responsable de la réputation de sa race, il envoie, sans remords ni scrupules, Rodrigue combattre un guerrier redoutable. Père, il tremble cependant pour son fils dont

---

* Sur cette troupe et son histoire, on pourra consulter : S.W. Deierkauf-Holsboer, *Le Théâtre du Marais*, Paris, Nizet, 1954 et *Histoire de la mise en scène*, Paris, Droz, 1933.

il craint l'assassinat par l'un des amis du Comte (III, 5). Bien que conscient du sacrifice qu'il lui demande (I, 5), il ne comprend pas le drame de Rodrigue : pour ce capitaine, qui a grandi dans le culte de la force et de la gloire militaire, l'amour est une faiblesse, et il laisse clairement entendre à Rodrigue qu'il pourrait délaisser Chimène pour une autre (III, 6). Sur ce point, un conflit de valeurs — autant que de générations — l'oppose à celui-ci. Mais son sens du devoir à l'égard des siens ne lui fait pas oublier le service de l'État. Non sans habileté, il dépêche Rodrigue à la tête de l'expédition contre les Maures dans l'espoir, outre de sauver la Castille, de forcer le roi « au pardon et Chimène au silence » (III, 6). Rodrigue victorieux, comment don Fernand oserait-il se priver d'un si talentueux général ? La raison d'État sert l'amour paternel du vieil homme. Aussi, au châtiment royal, s'il en faut un, s'offre-t-il avec courage et dignité (II, 8). Don Diègue incarne un gentilhomme de l'ancien temps, un grand « féodal » que l'âge a assagi : intransigeant sur ses principes, converti à la monarchie, père dur et douloureux, vieillard intraitable mais admirable.

Don Gomès, le Comte *(environ quarante ans)*, fut sans doute interprété par Bellemore qui venait d'incarner Matamore dans *L'Illusion comique*. Considéré comme un bon acteur, il tenait, sous des noms de théâtre différents, des rôles aussi bien comiques (ceux de Turlupin dans les farces) que tragiques. Georges de Scudéry qualifiait le Comte de « Matamore tragique ». Il en possède en effet l'arrogance et la fierté. Mais à la différence de Matamore, ses exploits sont réels (I, 3). Succédant à don Diègue à la tête des armées, il a, en plus d'un combat, sauvé la Castille. Son orgueil toutefois le rend insupportable de fierté. Conscient de sa valeur, il juge avoir droit aux récompenses princières. Déçu dans son ambition ou blessé dans son honneur, dont il se fait une aussi haute conception que don Diègue, il est prêt à se révolter. Il commet deux actes d'insoumission : en contestant la nomination de don Diègue, il s'en prend ouvertement aux décisions du roi dont il s'estime l'égal en son for

intérieur et qu'il juge lui être redevable de son trône
(I, 3) ; et en refusant les « submissions » qu'au nom du roi,
Arias lui propose. Le Comte se croit assez indispensable
au pays pour échapper à toute sanction, et, dans le cas
contraire, assez puissant pour déclencher une guerre civile (II, 1). Si l'« officier » est, en lui, glorieux et terrible,
l'homme est d'un caractère déplaisant. Il n'a que mépris
pour la faiblesse de don Diègue (I, 4), que condescen-
dance (certes à la fin mêlée d'un peu de pitié) pour la
jeunesse de Rodrigue (II, 2) et qu'indifférence pour les
sentiments profonds de Chimène. Le hasard seul fait
que sa volonté rencontre les désirs secrets de la jeune
fille. Avec la mort du Comte disparaît le type même du
Grand autoritaire et indiscipliné, tout à la fois utile et
dangereux à l'État, qui ne sert son pays que dans la
mesure où, en retour, le pays le comble d'honneurs.

Rodrigue *(moins de vingt ans)* fut incarné par Mondory. Âgé alors de quarante-six ans, l'homme n'était
plus tout jeune, mais aux dires de beaucoup, c'était un
très grand comédien, bien qu'il fût « plus propre à faire
un héros qu'un amoureux ». Frappé d'une « apoplexie
sur la langue » (d'une hémiplégie ?) en jouant le rôle
d'Hérode dans la *Mariane* de Tristan, en août 1637, il
n'a que peu de temps été Rodrigue. On ne sait qui reprit
le rôle : peut-être Beauchâteau. De sa race, Rodrigue
possède l'« aiguillon » de l'héroïsme et de l'honneur ; de
sa jeunesse, la fougue et l'absolu des premières passions.
La vengeance qu'il lui incombe d'assumer le foudroie
d'abord. Un instant, il envisage de se suicider pour
échapper au dilemme de laver l'affront de son père en
tuant celui de Chimène. Hésitation passagère, tragique-
ment humaine, féconde : Rodrigue comprend que son
amour lui impose de satisfaire à l'honneur (I, 6). Quoique diversement interprétée par les critiques, sa première visite chez Chimène, après le duel, révèle sa
noblesse d'âme : même si elle n'est pas exempte de
cruauté, sa décision de mourir de la main de Chimène
est réelle (III, 4). L'inquiétude de l'amant, cherchant à
connaître les sentiments de Chimène à son endroit,

perce autant dans son offre que le désir de faciliter à sa
bien-aimée son nouveau devoir. Son caractère chevaleresque éclate dans son refus de combattre vraiment don
Sanche (V, 1). L'aveu qu'il arrache à Chimène le trans-
porte d'ivresse. Vainqueur des Maures, successeur de
son père et du Comte comme « soutien » de Castille,
Rodrigue représente le héros cornélien, volontaire, luci-
de, exalté, auquel l'enthousiasme de son âge confère
grâce et vie. Nul n'a oublié le souvenir — embelli par la
disparition trop tôt survenue de l'acteur — de Gérard
Philipe jouant Rodrigue sur la scène du T.N.P. en 1951.
Tout le panache du personnage, son ardeur passionnée,
son désespoir ressuscitaient et, avec eux, l'« homme de
cœur », cher à Corneille, mettant son énergie morale au
service du devoir et de l'amour.

Chimène *(plus jeune que Rodrigue)* fut créée par la
Villiers, de son vrai nom Marguerite Béguet, seconde
femme de l'acteur Villiers. Aucun témoignage sur ses
qualités d'actrice ne nous est resté. Jeune fille obéis-
sante, Chimène attend de son père, comme il est alors
de règle, qu'il choisisse son futur époux. Un vague pressentiment lui interdit pourtant de croire trop vite à son
bonheur (I, 1). Le duel fatal la plonge dans une situation
plus douloureuse encore que celle de Rodrigue, puisqu'elle doit vaincre son amour et convaincre son roi.
Son attitude (très controversée à l'époque de Corneille et
à la nôtre, où l'on est allé jusqu'à douter de son amour
pour Rodrigue) s'explique par cette contradiction. Elle
se voit contrainte de réclamer la tête de l'homme qu'elle
aime. Car, comme Rodrigue qui lui a d'ailleurs montré
la voie, elle ne saurait faillir à ses obligations. Accablée
et fière, tendre et vengeresse, Chimène ne cesse de réclamer le châtiment du coupable, invoquant son devoir
filial et l'intérêt de l'État (II, 8), même quand il est évi-
dent qu'une partie de son être ne le souhaite pas. Face
au monde, elle en appelle, après la victoire de Rodrigue,
au jugement de Dieu, mais elle le supplie, devant l'éven-
tualité d'avoir à épouser don Sanche, de sortir vainqueur d'« un combat dont Chimène est le prix » (V, 1).

Pudique, forcée par un subterfuge de tragi-comédie (IV, 5), puis par un malentendu (V, 5 et 6), d'avouer son amour, elle s'oppose néanmoins aux ordres du Roi, laissant planer par ses propos non un doute sur la sincérité de ses sentiments, mais sur la possibilité de pouvoir épouser un jour Rodrigue.

Le roi **don Fernand** *(entre trente-cinq et quarante ans ?)* a été joué, croit-on, par la Roque, dit Petit-Jean, vieux comédien né vers 1595. Rendant visite à Chimène au lieu de la mander et de lui accorder une audience, s'apprêtant, comme il est de son devoir, à exercer sur elle, après la mort du Comte, une autorité paternelle et bienveillante (II, 8), don Fernand est un roi bonhomme que, comme l'écrit R. Pintard, « le décorum classique cessera bientôt de tolérer ». Il n'en est pas moins un monarque soucieux de ses responsabilités, en dépit des griefs dont l'ont accablé les adversaires de Corneille durant la « Querelle du *Cid* ». A plusieurs reprises, il affirme son devoir d'« agir en roi » : pour prévenir toute attaque brusque des Maures, il a déplacé la capitale de Castille de Burgos à Séville (II, 6), fait poster des gardes sur les murailles ; prévoyant l'ampleur d'une « vendetta » entre les plus grandes familles de son royaume, il tente d'apaiser le Comte (II, 1) ; il condamne les duels (II, 6 et IV, 5). Surtout, ainsi qu'on l'a vu dans l'étude des thèmes, il instaure un nouvel ordre politique et fait définitivement prévaloir la raison et la justice de l'État sur celles, privées, des Grands.

Sa fille, l'infante **doña Urraque** *(du même âge environ que Chimène)* fut jouée par Mlle Beauchâteau, alors jeune actrice (elle mourut en 1683). Dans ses *Observations sur Le Cid,* Scudéry affirme un peu trop rapidement qu'« on voit clairement que D. Urraque n'y est que pour faire jouer la Beauchâteau ». En fait, l'Infante inaugure la longue lignée des princesses cornéliennes « victimes d'État ». Vouée à épouser un monarque, elle étouffe sa passion pour Rodrigue qui, si couvert de gloire soit-il, n'est pas d'origine princière. Dans un dépassement de soi, elle a « cédé » Rodrigue à Chimène et favorisé la naissance de leur amour (I, 6). Discret, son héroïsme n'en est pas moins authentique : les stances de la scène 2 de l'acte V en dévoilent la difficile mesure. Femme aimante, malheureuse et se résignant à l'être, malgré de brefs et fols espoirs (V, 3), l'Infante manifeste en outre un réel sens de l'État. C'est elle qui rappelle à Chimène qu'en poursuivant Rodrigue elle précipiterait la « ruine publique » (IV, 2). Trop souvent oubliée par un public qui n'a d'yeux que pour Rodrigue et Chimène, elle mérite une attention digne de son sacrifice et de sa générosité. Francis Huster, dans sa mise en scène du *Cid* (Théâtre du Rond-Point, 1985), l'a bien compris qui a transformé en un trio le duo d'amour qu'était traditionnellement la pièce. Interprétant l'Infante, Martine Chevallier a donné au personnage une singulière beauté, que brûlent tout à la fois un amour fou et une résignation pathétique.

De **don Sanche** *(qui a le même âge que Rodrigue)*, on ignore qui tint le rôle : Villiers, Beaulieu, ou N. de Vis des Œillets, ou Philibert Robin dit le Gaucher ? Dans l'économie de la pièce, don Sanche occupe une place symétrique de celle de l'Infante. Possédant, de l'aveu même du Comte (I, 1), les mêmes qualités que Rodrigue, il connaît le malheur d'aimer sans être aimé. Fougueux comme son rival heureux, il est un cavalier téméraire, excusant auprès du roi la « chaleur » du Comte (II, 6) et acceptant de risquer sa vie pour Chimène (IV, 5). Sa galanterie et sa conduite chevaleresque en font plus qu'une utilité dramatique.

« Gentilshommes castillans », **don Arias** et **don Alonse** représentent, à l'inverse du Comte, la partie de la noblesse totalement soumise à la monarchie. Quant à **Léonor** et **Elvire**, « gouvernantes » respectives de l'Infante et de Chimène, leur présence souligne la dignité de leurs maîtresses et leur rôle se réduit à leur faire mieux expliquer leurs sentiments (voir p. 131, « Analyse de la pièce).

Le travail de l'écrivain

On ignore dans quelles circonstances Corneille s'est intéressé au personnage du Cid. Est-ce un certain Rodrigue de Chalon, auquel sa famille était indirectement liée, qui lui en signala l'existence ? La forte colonie espagnole qu'il y avait à Rouen l'incita-t-elle à se pencher sur son passé et sa culture ? Le Cid était l'un des héros les plus populaires de l'Espagne. Vassal des rois de Castille don Sanche et Alphonse VI, Rodrigue de Bivár (1025 ? - 1099) avait été exilé par ce dernier qui avait pris ombrage de sa puissance. Passé par dépit au service de Moctabir, roi maure de Saragosse, Rodrigue de Bivár avait retourné son épée contre son ancien souverain. Plus tard, vers la fin de sa vie, après avoir de nouveau changé de camp, il avait entrepris la conquête du royaume arabe de Valence, s'était emparé de la ville, qu'il conserva à l'Espagne jusqu'à sa mort, cinq ans après. Son épouse, Jimena Diaz, fille du comte d'Oviedo, ramena son corps en terre chrétienne avant la reprise de Valence par les Maures. Telles sont, succinctement rapportées, les données historiques.

Très vite, la légende les embellit. Rodrigue de Bivár qu'en hommage à sa valeur ses ennemis avaient surnommé le « Cid » (le « Seigneur ») devint le symbole de la résistance à l'occupant. Dès 1140, un *Poème du Cid* célèbre ses exploits. D'autres « romances* » imaginent qu'il a épousé sur ordre royal la fille d'un Grand qu'il avait tué, apportant ainsi, selon la coutume, soutien et protection à la jeune fille qu'il avait rendue orpheline. En 1601, dans son *Histoire d'Espagne*, le jésuite Mariana franchit un pas supplémentaire dans la formation de la légende du Cid : Chimène y apparaît « fort éprise » des « qualités » de Rodrigue (voir « Avertissement », p. 19). Restait à transformer Chimène en amoureuse

---

* Ces textes sont cités par Corneille dans son « Avertissement » de 1648 : voir pp. 24 et 25.

de celui-ci avant la mort même de son père : c'est ce qu'effectue Guillén de Castro (1569-1631) dans l'une de ses pièces, *Las Mocedades del Cid* (« Les Enfances du Cid »), publiée en 1618. Cette œuvre que Corneille a dû découvrir vers 1635, à peu près dans le même temps où il s'inspirait d'un recueil de *Rodomontades* espagnoles pour camper son personnage de Matamore dans *L'Illusion comique,* est la source principale du *Cid.* Son résumé fera mieux comprendre la nature et l'ampleur du travail de Corneille.

« Les Enfances du Cid »

Selon la tradition dramatique espagnole, « Les Enfances du Cid » se divisent en plusieurs « journées » qui, dans un décor simultané, accumulent les épisodes et qu'un grand laps de temps sépare entre elles.

Première journée

I. *Dans le palais de Fernand Iᵉʳ à Burgos :* Rodrigue est adoubé chevalier par le roi en présence de la Cour et de Chimène. II. *Séance du conseil :* don Diègue, choisi comme précepteur du prince, est souffleté par le Comte devant le Roi. III. *Dans la salle d'armes de la maison de don Diègue :* après avoir exprimé son désespoir, don Diègue éprouve successivement ses trois fils. Les deux plus jeunes crient de douleur quand leur père leur brise la main. Rodrigue, à qui il mord un doigt, manifeste le ressentiment attendu. Don Diègue, qui ignore son amour pour Chimène, lui confie alors le soin de le venger. Dans un long monologue, Rodrigue laisse éclater sa souffrance. IV. *Sur la place publique :* s'entretenant avec l'un de ses amis, le Comte regrette son geste, mais refuse de faire amende honorable. Sous les yeux de l'Infante et de Chimène, à une fenêtre du palais, Rodrigue le provoque et le blesse à mort. Cependant que Chimène se précipite, ivre de douleur, Rodrigue résiste à l'assaut de la suite du Comte. L'intervention de l'Infante fait cesser le combat.

Deuxième journée

I. *Le palais du roi :* Chimène demande le châtiment de Rodrigue, dont don Diègue prend la défense. II. *Dans l'appartement de Chimène :* Rodrigue vient lui offrir sa tête, mais Chimène refuse. III. *Un lieu désert près de Burgos :* don Diègue rencontre secrètement son fils et lui confie le commandement d'une troupe d'amis pour aller combattre les Maures qui viennent d'envahir la Vieille-Castille. IV. *Un château de « plaisance » dans la campagne aux environs de Burgos :* de son balcon, l'Infante encourage Rodrigue et les siens avec une tendre attention. V. *Dans les montagnes d'Oca au nord de Burgos :* un berger poltron, juché sur un arbre, décrit la bataille. Rodrigue fait prisonnier un roi maure, tandis que quatre autres s'enfuient, épouvantés par le « Cid ». VI. *Le palais du roi :* le « précepteur » don Diègue éduque difficilement le prince, d'un caractère violent. Rodrigue fait au roi le récit de sa victoire. En grand habit de deuil, Chimène demande de nouveau justice. Le roi la congédie avec égard et bannit Rodrigue en lui donnant l'accolade. Un an s'est passé depuis le début de l'action.

Troisième journée

I. *Le palais, à Burgos :* l'Infante, orpheline de mère depuis peu, avoue à don Arias son amour pour Rodrigue, mais se résigne à l'étouffer, sachant les sentiments de Chimène et de Rodrigue l'un pour l'autre. Le roi apprend à don Diègue le rappel de Rodrigue, pour lors en pèlerinage en Galice. Une troisième fois, Chimène demande justice. Don Arias, qui fait part au roi de l'amour secret de Chimène, prépare une ruse pour l'éprouver. Alors que Chimène réitère ses griefs contre Rodrigue, on annonce que celui-ci vient de périr dans une embuscade. Douleur de Chimène qui se reprend sitôt qu'elle est détrompée. Elle obtient un duel judiciaire et promet d'épouser celui qui tuera Rodrigue. II. *Dans la forêt de Galice :* le « Cid » récite des maximes sur la piété du soldat, puis secourt un lépreux, qu'il fait manger avec lui. Il voit en songe le lépreux se transfigurer en saint Lazare qui le bénit et lui prédit des succès. III. *Le palais royal, à Burgos :* un différend pour la possession de Calahorra oppose la Castille et l'Aragon. On décide d'un combat singulier sur la frontière des deux États. Mais nul n'ose, parmi les Castillans, affronter le redoutable Aragonais don Martin Gonzalez, qui annonce en outre qu'il profitera de ce duel pour obtenir Chimène. Le Cid, de retour d'exil, accepte le défi. IV. *Dans la maison de Chimène :* une lettre de don Martin qui lui fait part de ses prétentions, réduit Chimène au désespoir. Elle explique à Elvire, sa gouvernante, la violence qu'elle s'est faite en poursuivant Rodrigue. V. *Le palais du roi :* le roi, qui a des filles à marier et des garçons puînés, se préoccupe de sa succession, le prince manifestant encore de violentes dispositions. Chimène intervient, à qui l'on apprend bientôt qu'un gentilhomme apporte la tête de Rodrigue. A la consternation générale, Chimène souhaite se retirer dans un couvent, quand soudain Rodrigue paraît en vainqueur. Lui-même est à l'origine de ce subterfuge destiné, commente-t-il, à percer les véritables sentiments de Chimène à son égard. Le roi presse celle-ci de subir la condition du combat que don Martin avait imposée. Le mariage de Rodrigue et de Chimène est célébré le soir même par l'évêque de Palencia, trois ans environ après le début de l'action.

On le voit, la dette de Corneille à l'égard de Guillén de Castro est évidente, et le dramaturge ne l'a jamais niée. Son travail de simplification et de condensation de l'action n'en est pas moins considérable. Le berger et don Martin Gonzalez sont autant de personnages secondaires ou épisodiques qui disparaissent. L'exil de Rodrigue, la scène du lépreux, le différend avec l'Aragon, Corneille les sacrifie. Élaguant certaines péripéties de l'intrigue, il en resserre par ailleurs les liens. Là où Guillén de Castro narrait trois ans de la vie de son héros, Corneille en relate une journée, même si, comme on le verra dans

l'étude de la dramaturgie, l'« unité de temps » en souffre
quelque peu. L'action y gagne en rapidité et en intensité.
Longtemps secret dans le texte espagnol, l'amour de
Rodrigue et de Chimène est connu de tous et affronte du
même coup les seules conséquences, funestes aux deux
amants, du duel. Si imprévu soit-il, le combat contre les
Maures cesse d'être un à-côté spectaculaire. Il modifie la
situation, et le cours de la justice. Le conflit s'intériorise
et s'enrichit. Tout se passe désormais dans l'âme et le
cœur des jeunes gens, cependant que la justice affronte la
loi du clan. Cela conduit Corneille à donner à quelques
scènes plus d'importance qu'elles n'en revêtaient chez
Guillén de Castro, telle la rencontre de Rodrigue et de
Chimène (III, 4) au centre de l'architecture générale de
la pièce. En retrait par rapport à son modèle espagnol, le
personnage de l'Infante participe à l'action, tout en vivant son drame propre. Au total, le travail de Corneille
a consisté, outre à adapter l'histoire du Cid au goût
français (transformant par exemple au nom des bienséances la mise à l'épreuve physique de Rodrigue par
don Diègue en épreuve morale), à vivifier l'intrigue de
Guillén de Castro par plus de rigueur et d'analyse des
sentiments. Sur sa pièce, il se livrera à un autre travail
qui, consécutif à la « querelle du *Cid* », sera plus loin
abordé (voir p. 158).

L'œuvre et son public

Le Cid remporta un succès triomphal. La foule se
pressait si nombreuse au théâtre du Marais que l'on dut
installer des chaises sur la scène, et Corneille se souvien-
dra toujours du « frémissement » qui parcourait la salle
quand, après avoir tué le Comte, Rodrigue se rend pour
la première fois chez Chimène et que s'élève leur pathétique duo (III, 4). Deux semaines environ après sa création, Mondory écrit à Guez de Balzac, absent de la capitale : « Je vous souhaiterais ici pour y goûter, entre
autres plaisirs, celui des belles comédies qu'on y représente, et particulièrement d'un *Cid* qui a charmé tout

Paris. Il est si beau qu'il a donné de l'amour aux dames les plus continentes, dont la passion a même plusieurs fois éclaté au théâtre public. » Le 22 janvier, Chapelain parle d'« un point de satisfaction qui ne se peut exprimer ». Dans son *Histoire de l'Académie française,* publiée en 1653, Charles Pellisson note : « Il est malaisé de s'imaginer avec quelle approbation cette pièce fut reçue de la Cour et du public. On ne pouvait se lasser de la voir, on n'entendait autre chose dans les compagnies, chacun en savait quelque partie par cœur, on la faisait apprendre aux enfants, et en plusieurs endroits de la France il était passé en proverbe de dire : « Cela est beau comme *Le Cid.* » Le 27 janvier survient la consécration officielle. Des lettres de noblesse sont accordées au père de Corneille pour « services rendus », mais le dramaturge affirmera que Louis XIII a de la sorte « gratifié ses vers ». Anoblir le père était une faveur indéniable : c'était donner au fils un quartier de noblesse. Avant la fin mai 1637, à des dates indéterminées, *Le Cid* est représenté trois fois au Louvre et deux fois à l'Hôtel de Richelieu. Bref, tout Paris a pour *Le Cid* les yeux de Chimène pour Rodrigue.

Preuve supplémentaire de son succès, s'il en était besoin, la pièce suscite — en dehors de l'épisode de la « querelle » — continuations et imitations de la part de confrères plus ou moins délicats. En juillet 1637, Chevreau fait jouer *La Suite et le Mariage du Cid,* et Desfontaines *La Vraie Suite du Cid.*

Achevée d'imprimer le 23 mars, l'œuvre connut très vite de nombreuses traductions. Celles « qu'on en a faites en toutes les langues qui servent aujourd'hui à la scène, et chez tous les peuples où l'on voit des théâtres, je veux dire en italien, flamand et anglais, sont d'assez glorieuses apologies contre tout ce qu'on en a dit », écrit Corneille dans son *Avertissement* de 1648. Le succès du *Cid* ne se démentira pas de tout le siècle. « Je me souviens, dit Fontenelle, d'avoir vu en ma vie un homme de guerre et un mathématicien, qui, de toutes les comédies du monde, ne connaissaient que *Le Cid* [...]. Corneille avait dans son cabinet cette pièce traduite en toutes les langues de l'Europe, hormis l'esclavonne et la turque. Elle était en allemand, en anglais, en flamand, et, par une exactitude flamande, on l'avait rendue vers pour vers ; elle était en italien, et, ce qui est plus étonnant encore, en espagnol. Les Espagnols avaient bien voulu copier eux-mêmes une copie dont l'original leur appartenait. »

Par-delà les siècles et les bouleversements de l'Histoire, *Le Cid* n'a cessé d'émouvoir et de figurer au répertoire des théâtres et des festivals. De 1680 à nos jours, la Comédie-Française en a donné près de 16 000 représentations, dans des mises en scène diverses. En novembre 1963, s'inspirant des vitraux de Chartres, P.E. Deiber fit de la pièce un « drame médiéval ». La tentative de Denis Llorca, au Théâtre de la Ville en 1972, de substituer « l'action à la réflexion », en faisant intervenir des cascadeurs, fut loin d'emporter l'adhésion générale. A l'opposé de cet effort pour renouveler *Le Cid,* d'autres préférèrent s'en tenir à des représentations plus « classiques », tels Jean Serge, au Festival de Barentin, en 1972, et Marcelle Tassencourt (Théâtre Sarah-Bernhardt, 1963 ; Théâtre de la Musique, 1972), tandis qu'à Villeurbanne, en 1969, Roger Planchon n'hésitait pas à verser dans la dérision. Qu'elle suscite la réprobation ou soulève l'enthousiasme, cette variété de « lectures » est un signe de vie et illustre la richesse de l'œuvre. Le succès de la mise en scène de Jean Vilar (interprétation : Gérard Philipe, Françoise Spira et Jean Vilar) date de 1951, et il est légitime que l'on veuille explorer de nouvelles voies. On ne saurait jouer les « classiques » comme on les jouait au XVIIᵉ siècle, ou il y a trente ou cinquante ans. Si étonnante, voire si déroutante qu'elle ait pu apparaître à certains, la mise en scène de Francis Huster a eu le mérite de rendre vie à l'œuvre, de faire souffler sur elle un vent de liberté, d'où la dérision et l'ironie n'étaient pas absentes. Certes, le texte y était autant interprété que réinterprété. Des silhouettes nouvelles apparaissaient : Corneille lui-même, une bâtarde, une favorite du roi, un bouffon. Chimène (jouée par Jany Gastaldi) devenait pitoyable, insupportable, vraie ;

Rodrigue (incarné par Francis Huster), fougueux, dur, fragile : don Diègue (joué par Jean Marais) conservait en revanche l'allure d'un père et d'un vieillard plus classiques. L'univers shakespearien semblait aspirer la pièce : on y retrouvait certains des procédés dramaturgiques décelables dans, par exemple, *Hamlet*, tandis que l'interruption inattendue du bouffon rappelait l'ironique trio des fous dans le *Cromwell* de Hugo. Même si elles choquent, c'est aux métamorphoses qu'ils subissent que l'on reconnaît les chefs-d'œuvre. Que pour le grand public Corneille naisse avec *Le Cid,* que la pièce soit encore régulièrement jouée dans les festivals de l'été attestent assez l'attrait durable du *Cid*. A travers un thème ancien et espagnol, et la France du XVIIe siècle, l'œuvre a encore à nous apprendre sur les rapports du pouvoir et de l'individu, sur ceux de la passion et de la raison d'État.

Dramaturgie

L'analyse du *Cid* en fonction des règles de la dramaturgie classique appelle deux remarques préliminaires. D'abord, ces règles, quoique tôt formulées, ne règnent pas encore sans partage en 1637 : elles ne s'imposent vraiment qu'après 1640 — si tant est qu'il ait jamais existé une pièce véritablement régulière — et elles s'adressent au premier chef à la tragédie, genre noble par excellence, cependant que la tragi-comédie, relevant d'une esthétique plus baroque ou plus « expressionniste », hésite entre les respecter et s'en affranchir. Ensuite, Corneille a quelque peu brouillé les cartes quand, en 1648, il rebaptisa « tragédie » ce qui était à l'origine une tragi-comédie. Il en résulte que l'on peut porter sur *Le Cid* deux jugements contradictoires : considérée comme une tragi-comédie, la pièce marque une étape importante dans l'instauration d'un théâtre régulier ;

envisagée comme une tragédie, elle demeure en deçà des normes idéales.

Ces règles sont trop nombreuses et d'une trop grande technicité pour qu'on examine en détail leur application. On se bornera à évoquer la plus célèbre d'entre elles, la règle dite des trois unités : de temps, de lieu et d'action*. La dramaturgie classique, dont certains auteurs et cinéastes modernes redécouvrent parfois les vertus, repose tout entière sur l'idée aristotélicienne d'imitation : durée de l'action et durée de la représentation doivent pour plus de vérité, sinon idéalement coïncider, du moins se rapprocher le plus possible l'une de l'autre. Tel était le fondement de l'unité de temps, ou de jour, dont le but ne visait pas à limiter arbitrairement la longueur de l'action, mais à rendre tolérable le décalage presque inévitable entre celle-ci et les deux heures à deux heures trente de la représentation. Eu égard à cette théorie de l'imitation, vingt-quatre heures apparaissaient comme la durée maximale de l'action, à la condition toutefois que chaque acte conservât en lui-même une parfaite continuité temporelle et qu'en conséquence le laps de temps séparant les péripéties de l'intrigue fût relégué dans les entractes, c'est-à-dire dans les moments où de toute façon se produit une rupture dans le spectacle. Dans son *Examen du « Cid »*, rédigé en 1660, Corneille reconnaîtra que l'unité de temps subit quelques entorses : « Je ne puis dénier que la règle des vingt et quatre heures presse trop les incidents de cette pièce. » Si tôt que l'on place dans la matinée le « conseil » qui décide du précepteur du prince (1, 1, v. 39), il est en effet difficile d'admettre que la querelle des pères, le duel de Rodrigue, le procès, le combat contre les Maures qui se déroule à plusieurs dizaines de kilomètres de Séville, le retour de Rodrigue dans la capitale, l'intervention de don Sanche et le duel judiciaire puissent se produire en vingt-quatre heures. Que d'événements et de rebondissements en une seule journée !

---

* Pour une étude approfondie de ces règles, on se reportera aux ouvrages de J. Scherer et de J. Truchet cités dans la bibliographie.

L'unité de lieu obéissait aux mêmes intentions que l'unité de temps : elle proscrivait les déplacements supérieurs à ceux que les moyens de communication permettaient alors et, plus précisément encore, elle les limitait au cadre d'une ville et de ses environs*. Que tout se passe dans Séville suffit, selon Corneille, à assurer « quelque espèce d'unité de lieu en général ». Mais force lui est d'avouer dans ce même *Examen* de 1660 que « le lieu particulier change de scène en scène ». L'action se situe en effet tantôt dans le palais du roi, tantôt dans l'appartement de l'Infante, tantôt dans la maison de Chimène, voire devant celle de Rodrigue, car, comme l'écrit toujours Corneille,

> le Comte et don Diègue se querellent au sortir du palais, cela se peut passer dans une rue ; mais après le soufflet reçu, don Diègue ne peut pas demeurer en cette rue à faire ses plaintes, attendant que son fils survienne [...]. Ainsi il serait plus à propos qu'il se plaignît dans sa maison [...] pour laisser aller ses sentiments en liberté ; mais en ce cas il faudrait délier les scènes,

ce qui serait allé à l'encontre d'une autre règle de la dramaturgie classique, celle de la « liaison des scènes » qui interdisait qu'un même acte comportât des scènes se déroulant en des endroits différents. Aussi Corneille demande-t-il que par une « fiction de théâtre » l'on imagine que « don Diègue et le Comte, sortant du palais du roi, avancent toujours en se querellant et sont arrivés devant la maison de ce premier lorsqu'il reçoit le soufflet qui l'oblige à y entrer pour y chercher du secours ». On le voit, l'unité de lieu, ainsi en gros sauvegardée, soulève quant à son respect bien des difficultés dès lors qu'on l'analyse plus avant. Pour figurer ces divers lieux, la mise en scène originale du *Cid* recourait à la technique du décor simultané des mystères médiévaux. A la

---

* Cette limitation prévalut sous Louis XIII où, en une journée, l'on pouvait effectuer par la poste le trajet de Paris à Rouen. Sans cette restriction, l'unité de lieu aurait beaucoup perdu de son sens et de sa force.

place qu'occupait l'acteur sur scène devant telle ou telle partie de la toile peinte, les spectateurs comprenaient où se déroulait l'action. Ce qui n'allait pas toujours sans quelque confusion, ainsi que le relève Scudéry dans ses *Observations sur « Le Cid »* : le décor, écrit-il, était « si mal entendu qu'un même lieu représentant l'appartement du roi, celui de l'Infante, la maison de Chimène et la rue, presque sans changer de face, le spectateur ne sait le plus souvent où sont les acteurs ».

Quant à l'unité de l'action, les théoriciens exigeaient que les faits formant le sujet de la pièce demeurassent dans des limites raisonnables, dans une « juste grandeur » et qu'ils soient tous subordonnés à l'action principale. Tel est le cas dans *Le Cid*, si complexe qu'en soit l'intrigue. Il n'est aucun événement qui n'influe, à plus ou moins long terme, sur l'amour de Chimène et de Rodrigue ; aucun personnage qui, en fonction de ses intérêts propres, ne cherche à le favoriser ou à l'entraver. Tout gravite autour des deux jeunes héros.

Le premier acte voit la ruine des espérances de Chimène. La querelle de don Diègue et du Comte justifie ses sombres pressentiments que l'accord de son père n'a pas réussi au fond d'elle-même à dissiper. Dans un difficile et héroïque dépassement de soi, Rodrigue décide d'affronter le Comte ; l'honneur et l'amour l'exigent. Le mariage devient compromis, sinon impossible.

L'acte II conduit implacablement au drame : désobéissant au roi qui tente d'apaiser l'affaire, le Comte refuse de présenter des excuses à don Diègue. Scudéry a reproché au roi de ne pas les avoir fait surveiller sitôt qu'il eut appris leur différend — ce dont Corneille conviendra en 1660 dans son *Discours sur le Poème dramatique*. Mais don Fernand, premier souverain de Castille, ne dispose encore que d'une faible autorité sur les Grands de son royaume, l'Histoire confirme le duel, et Rodrigue et le Comte sont résolus à se battre. Ce qu'ils font — cependant que l'Infante, après avoir consolé Chimène, se prend à rêver de son possible mariage avec Rodrigue, s'il triomphe de son adversaire. Aussitôt après, la mort du Comte est annoncée au roi, en plein entretien avec ses courtisans ; et à peine connaît-il la nouvelle que Chimène l'implore de châtier Rodrigue. Les deux amants vont désormais s'affronter.

L'acte III est tout entier construit sur leur pathétique rencontre. Rodrigue ose se présenter chez Chimène qui vient de refuser à don Sanche, rival malheureux mais généreux de Rodrigue, la faveur d'être, au moins pour l'heure, son champion. A Chimène, Rodrigue offre en vain sa tête ; à Rodrigue, Chimène avoue qu'elle ne le hait point. Entre les deux êtres, l'amour n'a pas disparu ; Chimène n'en poursuivra pas moins son devoir. L'arrivée des Maures — qu'en 1660 Corneille estimera trop soudaine* — paraît *a priori* constituer un épisode extérieur à l'action principale. Il ne l'est que dans une certaine mesure.

L'acte IV s'ouvre en effet sur la victoire de Rodrigue. Événement heureux pour la Castille, mais aussi lourd de conséquences pour le destin personnel de chacun des protagonistes. Meurtrier du Comte, le « Cid » est devenu indispensable au salut du royaume. Sa victoire transforme une affaire de « droit commun » en affaire d'État. L'Infante s'efforce en vain d'en convaincre Chimène. Devant le refus du roi de condamner Rodrigue, Chimène — que la fausse nouvelle de la mort de Rodrigue a fait défaillir — n'a plus qu'à en appeler à des champions pour défendre sa cause. A contrecœur, le roi autorise un duel judiciaire, dont il fixe cependant les limites : Chimène en épousera le vainqueur, quel qu'il soit : Rodrigue ou don Sanche, qui tout logiquement a pris le parti de celle qu'il aime.

L'acte V débute par la seconde entrevue de Chimène et de Rodrigue : par amour et par respect, celui-ci est décidé à se faire tuer par don Sanche. Chimène le supplie de l'« ôter » à don Sanche, objet de son « aversion ».

* Ceux-ci « se présentent d'eux-mêmes sans être appelés dans la pièce, directement ni indirectement, par aucun acteur du premier acte », écrira-t-il dans son *Discours sur le Poème dramatique*.

L'Infante, chez qui la gloire de Rodrigue a réveillé et attisé un instant la passion, finit par se résigner, tandis que Chimène confie son angoisse à Elvire. Don Sanche survient. Sans lui laisser la possibilité de s'expliquer, Chimène, croyant Rodrigue mort, donne libre cours à sa douleur. Quand elle apprend la vérité, il est trop tard pour qu'elle continue à réclamer justice. Le roi lui octroie un délai d'un an pour pleurer son père avant d'épouser Rodrigue. Hypothèse que Chimène semble repousser. « Pour ne pas contredire l'histoire, écrit Corneille dans l'*Examen* de 1660, j'ai cru ne me pouvoir dispenser d'en jeter quelque idée [du mariage], mais avec incertitude de l'effet. » Rodrigue qui s'apprête à aller combattre de nouveau les Maures ignore, comme les spectateurs, ce que décidera en définitive Chimène.

Les censeurs de Corneille ont jugé cette action mal conduite. Scudéry écrit par exemple que *Le Cid* n'« embrouille » pas assez l'intrigue pour tenir jusqu'au bout l'esprit en suspens : « Le père de Chimène y meurt presque dès le commencement ; dans toute la pièce, elle ni Rodrigue ne poussent, et ne peuvent pousser qu'un seul mouvement : on n'y voit aucune diversité, aucune intrigue, aucun nœud ; et le moins clairvoyant des spectateurs devine ou plutôt voit la fin de cette aventure, aussitôt qu'elle est commencée. » D'autres ont fait observer que *Le Cid* rompait avec l'unité de péril, autre règle de la dramaturgie classique, Rodrigue passant sans enchaînement logique, du péril d'un duel à celui d'une bataille. Mais ce sont là des arguties de théoriciens ou de confrères envieux. C'est d'une main bien ferme que Corneille conduit son action.

La querelle du Cid

La querelle du *Cid* fut une affaire de doctes qui ne passionna guère le grand public, tout acquis à Corneille.

Elle n'en prit pas moins des proportions considérables dans le monde littéraire de l'époque : la jeune Académie française, Richelieu en personne y furent mêlés, et elle eut des effets directs sur la version définitive du *Cid* ainsi que sur la carrière de Corneille. Elle éclate en mars 1637 pour, officiellement, s'achever en décembre de la même année. Une légende, s'appuyant sur les dires de Tallemant des Réaux, de Boileau puis de Fontenelle, veut que le Cardinal, mécontent de voir Corneille déserter la « société des cinq auteurs » qu'il avait engagés à son service*, en ait été à l'origine. En fait, rien n'autorise à conclure qu'il ait favorisé la cabale en sous-main — même s'il ne dut apprécier que modérément l'éloge de l'Espagne, avec laquelle la France était en guerre, et les différents duels de la pièce. Il est en effet fort improbable que Richelieu soit resté étranger à l'anoblissement du père de Corneille (27 janvier 1637) et le poète a sans doute collaboré à *L'Aveugle de Smyrne,* tragi-comédie des cinq auteurs représentée le 22 février à l'Hôtel de Richelieu. Des jalousies de confrères, des imprudences de Corneille, les démêlés de celui-ci avec la troupe du Marais qui monta *Le Cid,* expliquent plus sûrement la querelle.

Devant le succès de sa pièce, Corneille demande une rétribution supplémentaire à Mondory et à ses comédiens**. Un refus le décide, en représailles, à faire éditer sa pièce (achevé d'imprimer du 23 mars). C'était permettre à n'importe quelle troupe de la mettre à son répertoire. Sur ces entrefaites, le 20 février, il publie l'*Excuse à Ariste,* lettre d'une centaine de vers, dans laquelle, après avoir rendu hommage à la demoiselle qui le « fit

---

* Entré dans cette « société » en 1635, Corneille a travaillé à *La Comédie des Tuileries* (1635) et à *La Grande Pastorale* (1637 ; texte perdu) dont les canevas avaient été donnés par Richelieu.

** Longtemps, le statut social des dramaturges, mal payés et mal considérés, ne fut guère reluisant. Jusque vers 1635, leurs noms ne figuraient même pas sur les affiches annonçant les représentations. Corneille fut de ceux qui imposèrent non sans mal le prestige des auteurs. De là vient en partie sa solide réputation d'âpreté au gain.

devenir poète aussitôt qu'amoureux* », il revendique hautement son indépendance et son originalité :

> Je satisfais ensemble et peuple et courtisans,
> Et mes vers en tous lieux sont mes seuls partisans ;
> Par leur seule beauté ma plume est estimée :
> Je ne dois qu'à moi seul toute ma renommée
> Et pense toutefois n'avoir point de rival
> À qui je fasse tort en le traitant d'égal.

Piqué par tant d'orgueilleuse ivresse, Mairet, semble-t-il, déclenche le premier les hostilités. Vers la fin mars, il fait paraître *L'Auteur du vrai Cid espagnol, à son traducteur français ;* l'injuriant au passage, il y accuse Corneille de plagiat, et il récidive dans trois autres libelles, dont ces quelques vers, extraits de l'*Épître familière,* qui fait parler Guillén de Castro, donnera une idée du ton et de sa violence :

> Ingrat ! Rends-moi mon *Cid* jusques au dernier mot.
> Après tu connaîtras, Corneille déplumée,
> Que l'esprit le plus vain est souvent le plus sot,
> Et qu'enfin tu me dois toute ta renommée.

Presque aussitôt, Mairet reçoit l'appui de Georges de Scudéry qui, vers le 1er avril, publie ses *Observations sur Le Cid.* Entre ce dernier et Corneille, une certaine estime régnait jusqu'alors. Corneille avait écrit des vers élogieux pour saluer *Ligdamon et Lisias,* puis *Le Trompeur* de Scudéry et celui-ci avait en retour chaudement accueilli *La Veuve* de Corneille. A l'en croire, c'est l'outrecuidance de l'*Excuse à Ariste,* non une rivalité confraternelle, qui le pousse à réagir.

Ses *Observations,* précises et argumentées, constituent une attaque en règle du *Cid,* puisqu'il prétend y prouver :

Que le sujet n'en vaut rien du tout

---

* Catherine Hue, mariée en 1637 à Thomas Du Pont, pour l'amour de qui Corneille écrivit sa première pièce, *Mélite.*

> Qu'il choque les principales règles du poème dramatique
> Qu'il manque de jugement en sa conduite
> Que presque tout ce qu'il a de beautés sont dérobées
> Et qu'ainsi l'estime qu'on en fait est injuste.

Rien ne trouve grâce à ses yeux : les vers du *Cid* sont parfois maladroits, la règle de la vraisemblance, les unités de temps, de lieu, d'action n'y sont pas respectées... De tous ces griefs, qu'on ne saurait examiner en détail, deux retiennent principalement l'attention : l'accusation de plagiat et la condamnation du comportement de Chimène.

En un siècle où l'on pratique couramment la *contaminatio* et où l'on s'inspire des auteurs de l'Antiquité jusqu'à parfois les suivre de très près (Molière empruntera à Plaute des scènes entières de *L'Avare*), la notion de propriété littéraire demeure encore floue. Tout est affaire de mesure, de réinvention ou de réécriture. L'accusation de plagiat n'en reste pas moins infamante. Citations à l'appui, juxtaposant au long de plusieurs pages le texte espagnol et sa version française, Scudéry tente d'accréditer la thèse d'un Corneille simple traducteur de Guillén de Castro, donc indigne de son succès. A cette critique, si radicale qu'elle en devient déshonorante, il en ajoute une autre, non moins importante, quoique plus technique. Invoquant l'autorité de Platon et surtout d'Aristote — dont la *Poétique* est au centre des théories dramatiques du XVIIe siècle — qui prescrivaient que les mœurs des personnages fussent « bonnes », Scudéry déclare Chimène « impudique » et la traite de « prostituée », de « parricide », de « monstre » :

L'on y voit une fille dénaturée ne parler que de ses folies, lorsqu'elle doit ne parler que de son malheur ; plaindre la perte de son amant lorsqu'elle ne doit songer qu'à celle de son père ; aimer encore ce qu'elle doit abhorrer ; souffrir en même temps, et en même maison, ce meurtrier et ce pauvre corps ; et, pour achever son impiété, joindre sa main à celle qui dégoutte encore du sang de son père.

Loin d'être guidé par un excès de pruderie, Scudéry place le débat sur le terrain doctrinal et soulève une question essentielle à laquelle tout artiste se doit de répondre : le vraisemblable* doit-il l'emporter sur le vrai ? Scudéry (avec, plus tard, Molière, Boileau, Racine) répond par l'affirmation. Il reproche à Corneille d'être resté fidèle à la vérité historique (en 1637, ne l'oublions pas, *Le Cid* ne laisse planer aucun doute sur le mariage de Chimène et de Rodrigue) et d'être ainsi allé contre le vraisemblable : comment admettre qu'une jeune fille épouse, fût-ce dans un délai indéterminé, le meurtrier de son père ?

Corneille réplique vers la mi-mai par une *Lettre apologétique,* qui est un net refus d'engager la discussion. Sur quoi Scudéry, sûr de bénéficier de l'appui de Richelieu, demande l'arbitrage de l'Académie française, instituée trois ans plus tôt par le Cardinal. Le 13 juin, Corneille accepte cet arbitrage avec froideur : « Messieurs de l'Académie peuvent faire ce qu'il leur plaira. »

Après de longues séances et bien des difficultés pour nommer des commissaires chargés d'examiner *Le Cid* — certains estimant qu'à peine naissante l'Académie avait tout à perdre à juger d'une œuvre qui avait conquis le public —, l'Académie rend un premier verdict, dont Richelieu désapprouve la forme : sur les critiques, il demande qu'on jette « quelques poignées de fleurs ». Une seconde mouture lui semble à l'inverse trop élogieuse. Enfin l'affaire s'envenimant, les libelles se multipliant — la querelle en a suscité plus de trente —, Richelieu ordonne que la polémique cesse au plus vite. Le 20 décembre, paraissent les 192 pages, in-octavo, des *Sentiments de l'Académie française sur la tragi-comédie du Cid.* L'Académie reconnaît l'originalité de Corneille et le lave de toute accusation de plagiat. Avec Scudéry en revanche, elle soutient que *Le Cid* pèche contre l'unité de temps et la règle de la vraisemblance :

* Tel qu'on l'entend conformément à la philosophie aristotélicienne : un vrai idéal et exemplaire. « La vérité ne fait les choses que comme elles sont ; et la vraisemblance les fait comme elles doivent être », écrit par exemple l'un des théoriciens de l'époque.

Corneille a eu tort, selon elle, de préférer la vérité historique et de marier Chimène à Rodrigue :

> C'est trop clairement trahir ses obligations naturelles en faveur de sa passion ; c'est trop ouvertement chercher une couverture à ses désirs, et c'est faire bien moins le personnage de fille que d'amante. Elle pouvait sans doute aimer encore Rodrigue après ce malheur,

mais elle ne pouvait l'épouser. Et l'Académie de conclure :

> Encore que le sujet du *Cid* ne soit pas bon, qu'il pèche dans son dénouement, qu'il soit chargé d'épisodes inutiles, que la bienséance y manque en beaucoup de lieux [...], qu'il y ait beaucoup de vers bas, et de façons de parler impures ; néanmoins la naïveté et la véhémence de ses passions, la force et la délicatesse de plusieurs de ses pensées, et cet agrément inexplicable qui se mêle dans tous ses défauts, lui ont acquis un rang considérable entre les poèmes français de ce genre qui ont le plus donné de satisfaction. Si son auteur ne doit pas toute sa réputation à son mérite, il ne la doit pas toute à son bonheur, et la nature lui a été assez libérale, pour excuser la Fortune si elle lui a été prodigue.

Corneille qui, entre-temps, a saisi l'occasion de l'édition de *La Suivante* pour réclamer dans une *Épître* le droit pour chaque écrivain de suivre sa voie et qui a reçu en août le renfort de Guez de Balzac, choisit, après quelques hésitations, de ne pas répondre. La querelle du *Cid* est officiellement close.

Corneille en sort déçu et meurtri. En 1639, son amertume ne s'est pas encore dissipée : « Il ne fait plus rien, écrit Chapelain à Balzac. Je l'ai autant que j'ai pu, réchauffé et encouragé à se venger [...] en faisant quelque nouveau *Cid* [...]. Mais il ne parle plus que de règles et que de choses qu'il eût pu répondre aux Académiciens. » Il ne renouera avec le théâtre qu'en 1640, en faisant jouer *Horace*.

Outre ces trois années de silence, la querelle eut une autre conséquence : celle d'amener Corneille à remanier *Le Cid* jusqu'à progressivement lui donner le visage que

nous lui connaissons aujourd'hui. Dans le premier
recueil de ses *Œuvres,* publié en 1648, il y apporte en
effet plusieurs modifications. D'abord, la tragi-comédie
passant de mode, le sous-titre de la pièce porte désormais la mention « tragédie ». Surtout, le dramaturge
place en tête de son édition un long avertissement, qui,
dix ans après, constitue sa réponse à l'Académie. Il y
dément avoir jamais accepté l'arbitrage de celle-ci ; et,
défendant son choix du « vrai » aux dépens du « vraisemblable », il justifie le mariage de Chimène en invoquant l'autorité de l'historien espagnol Mariana et en
citant deux romances espagnoles. A Mairet et à Scudéry
qui l'ont accusé de plagiat, il réplique, sans les nommer,
en détaillant ses sources et en faisant figurer en bas des
pages les vers espagnols imités de Guillén de Castro, une
centaine au total.

Enfin, en 1660, dans la grande édition de ses *Œuvres,*
Corneille apporte à son texte de profondes modifications. Minutieusement, il le revoit et le corrige. Scudéry,
approuvé sur ce point par l'Académie, lui avait reproché
une certaine négligence de style, s'étonnant par exemple
que don Sanche dise :

> Madame, *à vos genoux,* j'apporte cette épée
> (vers 1715 de l'édition de 1637).

Corneille transforme le vers en :

> Obligé d'apporter à vos pieds cette épée.

Il réécrit les premières scènes. Jusqu'en 1660, *Le Cid*
s'ouvrait sur un dialogue entre Elvire et le Comte (I, 1)
puis entre Elvire et Chimène (I, 2). Seule subsiste cette
dernière scène qui intègre les informations de la précé-
dente. Surtout Corneille modifie le dénouement, semblant ainsi se rallier en partie aux thèses de Scudéry.
« J'ai peine à voir, écrit-il dans l'*Examen,* que Chimène
y consente [au mariage] chez l'auteur espagnol, bien
qu'il donne plus de trois ans de durée à la Comédie qu'il
[...] a faite. Pour ne pas contredire l'Histoire, j'ai cru ne
me pouvoir dispenser d'en jeter quelque idée, mais avec
incertitude de l'effet, et ce n'était que par là que je pou-

vais accorder la bienséance du Théâtre avec la vérité de l'événement. » Il supprime les vers qui, dans les éditions de 1637 et de 1648, laissaient présager le mariage, en introduit de nouveaux, notamment ceux-ci à l'adresse du roi, qui traduisent l'hésitation ou le refus de Chimène :

> Et quand de mon devoir vous voulez cet effort,
> Toute votre justice en est-elle d'accord ?
> Si Rodrigue à l'État devient si nécessaire
> De ce qu'il fait pour vous dois-je être le salaire ?
>
> (V, 7, v. 1807-1810).

Si l'on ajoute que, dans ce même *Examen,* Corneille reconnaît que sa pièce malmène quelque peu les unités de temps et de lieu, force est de constater que, plus de vingt ans après, il accepte le bien-fondé de certaines des critiques qu'on lui a adressées. Sa gloire, alors solidement établie, n'a plus, il est vrai, à en souffrir. A quelques infimes corrections près, datant de 1682, *Le Cid* prend son aspect définitif. Excepté dans les éditions du *Théâtre* de Corneille données par M. Cauchie, G. Couton ou A. Niderst et mentionnées dans la « Bibliographie », les éditions modernes ne reproduisent plus la version originale du *Cid.* On ne la joue guère davantage. Il faut remonter à la saison théâtrale 1960-1961 pour en retrouver un exemple (Comédie de Lyon, sous la direction de Ch. Gantillon).

Vers clefs

Enfin vous l'emportez, et la faveur du Roi
Vous élève en un rang qui n'était dû qu'à moi.

LE COMTE, I, 3, v. 151-152.

Ô rage ! ô désespoir ! ô vieillesse ennemie !
N'ai-je donc tant vécu que pour cette infamie ?

DON DIÈGUE, I, 4, v. 237-238.

Rodrigue, as-tu du cœur?
                          DON DIÈGUE, I, 5, v. 261.

Mais qui peut vivre infâme est indigne du jour.
Plus l'offenseur est cher, et plus grande est l'offense.
                          DON DIÈGUE, I, 5, v. 284-285.

[...] va, cours, vole, et nous venge.
                          DON DIÈGUE, I, 5, v. 290.

Faut-il laisser un affront impuni?
Faut il punir le père de Chimène?
                          DON RODRIGUE, I, 6, v. 309 310.

Qui ne craint point la mort ne craint point les menaces.
                          LE COMTE, II, 1, v. 393.

À moi, Comte, deux mots.
                          DON RODRIGUE, II, 2, v. 397.

Je suis jeune, il est vrai; mais aux âmes bien nées
La valeur n'attend point le nombre des années.
                          DON RODRIGUE, II, 2, v. 405-406.

À qui venge son père il n'est rien impossible.
Ton bras est invaincu, mais non pas invincible.
                          DON RODRIGUE, II, 2, v. 417-418.

À vaincre sans péril, on triomphe sans gloire.
                          LE COMTE, II, 2, v. 434.

Vous perdez en la mort d'un homme de son rang :
Vengez-la par une autre, et le sang par le sang.
Immolez, non à moi, mais à votre couronne,
Mais à votre grandeur, mais à votre personne ;
Immolez, dis-je, Sire, au bien de tout l'État
Tout ce qu'enorgueillit un si haut attentat.
                          CHIMÈNE, II, 8, v. 691-696.

Et ta beauté sans doute emportait la balance,
À moins que d'opposer à tes plus forts appas
Qu'un homme sans honneur ne te méritait pas ;

Que malgré cette part que j'avais en ton âme,
Qui m'aima généreux, me haïrait infâme.
Don Rodrigue, III, 4, v. 886-890.

Je mourrai trop heureux, mourant d'un coup si beau.
Don Rodrigue, III, 4, v. 939.

Va, je suis ta partie, et non pas ton bourreau.
Chimène, III, 4, v. 940.

Va, je ne te hais point.
Chimène, III, 4, v. 963.

Rodrigue, qui l'eût cru ?
Chimène, qui l'eût dit ?
Que notre heur fût si proche et sitôt se perdît ?
Chimène et Don Rodrigue, III, 4, v. 987-988.

Nous n'avons qu'un honneur, il est tant de maîtresses !
L'amour n'est qu'un plaisir, l'honneur est un devoir.
Don Diègue, III, 6, v. 1058-1059.

    Sous moi donc cette troupe s'avance,
Et porte sur le front une mâle assurance.
Nous partîmes cinq cents ; mais par un prompt renfort
Nous nous vîmes trois mille en arrivant au port.
IV, 3, v. 1257-1260)

[...]
Cette obscure clarté qui tombe des étoiles
Enfin avec le flux nous fait voir trente voiles.
IV, 3, v. 1273-1274)
[...]

Ô combien d'actions, combien d'exploits célèbres
Sont demeurés sans gloire au milieu des ténèbres.
IV, 3, v. 1301-1302.
[...]

Et le combat cessa faute de combattants.
Don Rodrigue, IV, 3, v. 1328.

À tous vos cavaliers je demande sa tête :
Oui, qu'un d'eux me l'apporte, et je suis sa conquête ;
Qu'ils le combattent, Sire, et le combat fini,
J'épouse le vainqueur, si Rodrigue est puni.
CHIMÈNE, IV, 5, v. 1401-1404.

Tu t'en plains ; mais ton feu, loin d'avouer ta plainte,
Si Rodrigue est vainqueur, l'accepte sans contrainte.
Cesse de murmurer contre un arrêt si doux :
Qui que ce soit des deux, j'en ferai ton époux.
DON FERNAND, IV, 5, v. 1461-1464.

Sors vainqueur d'un combat dont Chimène est le prix.
CHIMÈNE, V, 1, v. 1556.

Et quand de mon devoir vous voulez cet effort,
Toute votre justice en est-elle d'accord ?
CHIMÈNE, V, 7, v. 1807-1808.

Pour vaincre un point d'honneur qui combat contre toi,
Laisse faire le temps, ta vaillance et ton roi
DON FERNAND, V, 7, v. 1839-1840.

Biographie (1606-1684)

1606. — Naissance à Rouen, le 6 juin, de Pierre
    Corneille. Cinq frères et sœurs suivront, dont
    Thomas également futur dramaturge (1625-1709)
    et Marthe, mère de Fontenelle.
1615-1622. — Jeunesse studieuse et galante de Cor-
    neille. Études au collège des Jésuites de Rouen.
    Encore collégien, il s'éprend de Catherine Hue,
    évoquée dans l'*Excuse à Ariste*. Découverte du
    théâtre.
    (Naissance de Molière, en 1622.)
1624. — Licencié en droit, Corneille devient avocat sta-
    giaire au parlement de Rouen.

1628. — Son père lui achète deux offices d'avocat du roi au siège des Eaux et Forêts et à l'amirauté de France. Il prend ses fonctions le 16 février 1629.

1629-1630. — Sa première comédie, *Mélite,* est jouée par la troupe de Lenoir-Mondory à Paris. Grand succès après un début difficile.

1630-1631. — *Clitandre ou l'innocence délivrée,* tragi-comédie jouée au théâtre du Marais.

1631-1632. — *La Veuve ou le traître puni* (comédie).

1632-1633. — *La Galerie du Palais* (comédie) et, peut-être, *La Suivante* (comédie).

1633-1634. — *La Place Royale ou l'amoureux extravagant* (comédie).

1634-1635. — Corneille donne sa première tragédie : *Médée.*

1635-1636. — *L'Illusion comique* (comédie).

1637. — Début janvier, *Le Cid ;* fin mars, publication du *Cid ;* de fin mars à décembre : « Querelle du *Cid* ».

(1638. — Naissance du futur Louis XIV, le 3 septembre.)

1639. — Mort du père de Corneille, le 12 février. L'écrivain devient tuteur de ses frères et sœurs mineurs.

(Naissance de Racine.)

1640. — *Horace* (tragédie), créée début mai à Paris.

1641. — Mariage de Corneille avec Marie de Lampérière, fille du lieutenant particulier des Andelys, dont il aura six enfants.

1642. — *Cinna* (été ?) et *Polyeucte* (à une date indéterminée durant l'hiver).

(Mort le 4 décembre de Richelieu.)

(1643. — Mort de Louis XIII, le 14 mai.)

1643-1644. — Création de *La Mort de Pompée* (tragédie) et du *Menteur* (comédie).

1644. — Publication des *Œuvres* de Corneille, première partie (pièces antérieures au *Cid*).

1644-1645. — *La Suite du Menteur* (comédie), *Rodogune* (tragédie).

1645-1646. — *Théodore, vierge et martyr,* tragédie, qui échoue.

1646-1647. — *Héraclius* (tragédie).

1647. — Corneille est reçu à l'Académie française le 22 janvier, après deux tentatives infructueuses en 1644 et 1646.

1648. — Publication, le 30 septembre, du tome II des *Œuvres* de Corneille (du *Cid* à *Théodore*).
(Début de la Fronde parlementaire.)

1649-1650. — Création de *Don Sanche d'Aragon* (comédie héroïque) et d'*Andromède* (tragédie à machines) commandée en 1647 par Mazarin.

1650. — Corneille devient procureur des États de Normandie et vend ses charges d'avocat du roi.

1651. — Création de *Nicomède* (tragédie). Corneille perd sa charge de procureur. Il sera désormais sans emploi officiel.

1651-1652. — *Pertharite* (tragédie), qui échoue.

1652. — Après l'échec de *Pertharite,* Corneille se détourne du théâtre pour se consacrer à la traduction en vers de l'*Imitation de Jésus-Christ,* qu'il a entreprise dès novembre 1651.
(La Fronde engendre un soulèvement général contre l'autorité royale.)

1653. — Retour de Mazarin à Paris et fin de la Fronde.

1659. — Création d'*Œdipe* (tragédie), après un silence de sept ans.

1660. — *Trois discours sur le poème dramatique,* placés en tête du *Théâtre de Corneille revu et corrigé par l'auteur.*
(Paix des Pyrénées, Mariage de Louis XIV.)

1661. — Création en février de *La Toison d'Or* (tragédie), qui obtient un grand succès.
(Mort de Mazarin, le 9 mars. Arrestation de Fouquet, le 5 septembre. Début du pouvoir personnel de Louis XIV.)

1662. — Le 25 février, première de *Sertorius* (tragédie) qui remporte un vif succès. Installation en octobre des Corneille à Paris.

1663. — Première de *Sophonisbe* (tragédie) à l'Hôtel de Bourgogne. Corneille reçoit une pension du roi.

1664. — Création, le 3 août, d'*Othon* à Versailles. Futur grand rival de Corneille qu'il surpassera dans la faveur du public, Racine fait jouer sa première pièce, *La Thébaïde*.

1666. — *Agésilas,* tragédie, qui échoue.

1666-1667. — *Attila* (tragédie), demi-succès.

(1667. — Guerre de Hollande à laquelle participent les deux fils de Corneille.)

1670. — Première le 28 novembre de *Tite et Bérénice,* tragédie.

1672. — Création, en novembre, de *Pulchérie,* comédie héroïque.

(1673. — Mort de Molière, le 17 février.)

1674. — *Suréna* (tragédie), dernière pièce de Corneille.

1684. — Mort de Corneille, le 1er octobre.

Bibliographie

Pour les ouvrages et articles anciens, se reporter à

Picot, E., *Bibliographie cornélienne,* Paris, Auguste Fontaine, 1876.

Le Verdier, P., et Pelay, E., *Additions à la bibliographie cornélienne,* Paris, E. Rahir, et Rouen, A. Lestringant, 1908.

Cioranescu, A., *Bibliographie de la littérature française du XVIIe siècle,* Paris, éd. du C.N.R.S., 1965, t. I.

Éditions du théâtre de Corneille

Pour les plus anciennes éditions, se reporter aux deux premiers ouvrages mentionnés ci-dessus. L'édition la plus complète actuellement disponible demeure celle qu'a procurée G. Couton à la Bibliothèque de la Pléiade : Corneille, *Œuvres complètes,* Paris, Gallimard, 1980.

Mais on pourra aussi consulter la monumentale édition de Ch. MARTY-LAVEAUX des *Œuvres complètes* de Corneille en douze volumes et un album dans la collection des Grands Écrivains de la France (Paris, Hachette, 1862-1868). Ou encore :

Œuvres complètes de Corneille, préface de R. Lebègue, présentation et annotation d'A. Stegmann, Paris, Le Seuil, collection « L'Intégrale », 1963.

Théâtre complet de Corneille, édition du Tricentenaire, présentation et annotation d'A. Niderst, Rouen, Publications de l'Université de Rouen, 1984-1986.

Éditions séparées du *Cid*

Parmi les innombrables éditions du *Cid,* la plus savante demeure celle que M. CAUCHIE a publiée à la Société des Textes français modernes, en 1946.

Sur l'histoire du théâtre au XVIIe siècle et la place de Corneille

Cinq ouvrages, parmi beaucoup d'autres, s'imposent :

ADAM, A., *Histoire de la littérature française au XVIIe siècle* (tomes I, II, et IV), Paris, Domat, 1948-1954.

GUICHEMERRE, R., *La Tragi-Comédie,* Paris, P.U.F., 1981.

LANCASTER, H.C., *A history of french dramatic literature in the seventeenth century,* 5 parties en 9 volumes, Baltimore, John Hopkins Press, 1929-1942.

SCHERER, J., *La Dramaturgie classique en France,* Paris, Nizet, 1959.

TRUCHET, J., *La Tragédie classique en France,* Paris, P.U.F., 1975.

Sur la vie et l'œuvre de Corneille

La bibliographie cornélienne étant extrêmement importante, on se bornera à citer :

AUTRAND, M., *Le « Cid » et la classe de français,* Paris, C.E.D.I.C., 1978.

BÉNICHOU, P., *Morale du Grand Siècle,* Paris, Gallimard, 1948.

COUTON, G., *La Vieillesse de Corneille,* Paris, Maloine, 1949.
Corneille et la Fronde, Clermont-Ferrand, Faculté des Lettres, 1951.
Corneille, Paris, Hatier, 1958 (nouv. éd., 1969).

DESCOTES, M., *Les Grands Rôles du théâtre de Corneille,* Paris, P.U.F., 1962.

DORT, B., *Pierre Corneille dramaturge,* Paris, l'Arche, 1957.

DOUBROVSKY, S., *Corneille et la dialectique du héros,* Paris, Gallimard, 1964.

GARAPON, R., *Le Premier Corneille,* Paris, S.E.D.E.S., 1982.

GUERDAN, R., *Corneille ou la vie méconnue du Shakespeare français,* Lausanne, P.-M. Favre, 1984.

HERLAND, C., *Corneille par lui-même,* Paris, Le Seuil, 1954.

LANSON, G., *Corneille,* Paris, Hachette, 1928.

NADAL, O., *Le Sentiment de l'amour dans l'œuvre de Pierre Corneille,* Paris, Gallimard, 1948.

RIVAILLE, L., *Les Débuts de Pierre Corneille,* Paris, Boivin, 1936.

STEGMANN, A., *L'Héroïsme cornélien, genèse et signification,* Paris, A. Colin, 1968, 2 vol.

SWEETSER, M.-O., *La Dramaturgie de Corneille,* Genève, Droz, 1977.

Études sur *Le Cid*

Outre les analyses et les informations contenues dans les ouvrages précédemment cités, on trouvera dans la liste suivante des ouvrages et des articles plus précisément consacrés au *Cid* (liste évidemment sommaire) :

A) Ouvrages

COUTON, G., *Réalisme de Corneille,* Paris, Les Belles Lettres, 1953.

FLOECK, W., « *Las Mocedades del Cid* », *von Guillén de*

Castro und « Le Cid » von Pierre Corneille. Ein neuer Vergleich, Romanistiche Versuche und arbeiten, Bonn, 1969.

GASTE, A., *La Querelle du Cid,* Paris, 1898 (Genève, Slatkine reprints, 1970).

LIVET, C.-L., *Histoire de l'Académie française* (par Pellisson et l'abbé d'Olivet), Paris, Didier, 1858.

MAREITIC, M.-R., *Essai sur la mythologie du « Cid »,* University of Mississippi ; Romance Monographs, 1976.

REYNIER, G., *Le « Cid » de Corneille,* Paris, éd. de la Pensée Moderne, 1966

B) Articles

ADAM, A., « A travers la « Querelle du *Cid* », *Revue d'histoire de la philosophie et d'histoire générale des civilisations,* 1938, pp. 25-32.

BARCHILLON, J., « Le Cid », une interprétation psychanalytique, *Studi francesi,* 1975, pp. 475-480.

BÉNICHOU, P., « Le mariage du Cid », dans *L'Écrivain et ses travaux,* Paris, J. Corti, 1967, pp. 171-206.

BERTAUD, M., « Rodrigue et Chimène : la formation d'un couple héroïque », *Papers on French XVIIth Century Literature,* vol. XI, 1984, pp. 521-545.

BRASILLACH, R., « Éléments d'une mise en scène du *Cid* », *Cahiers du Sud,* 1936, pp. 451-458.

DAINARD, J.-A., « The Motif of Hope in *Le Cid* », *French Review,* 1970-1971, pp. 687-694.

DUTERTRE, E., « Scudéry et Corneille » *XVIIe siècle,* 1985, pp. 29-47.

GOODE, W.A., « Hand, Heat and Mind : the complexity of the Heroïc Quest in *Le Cid* », *Publications of Moderne Language Association,* 1976, pp. 44-53.

GROS, Et., « *Le Cid* après Corneille, suites, restitutions, imitations », *Revue d'Histoire Littéraire de la France,* 1923, pp. 433-465, 1924, pp. 1-45.

JASINSKY, R., « Sur *Le Cid* » in *A travers le XVIIe siècle,* Paris, Nizet, 1981, t. I, pp. 12-26.

JONES, L.E., « The position of the King in *Le Cid* », *French Review,* 1967, pp. 643-646.

KIBEDI-VARGA, A., « Analyse textuelle. Relire *Le Cid* », *Rapports Het-Franse Boek,* fév., 1977, pp. 14-18).

KNUTSON, H.C., « *Le Cid* de Corneille : un héros se fait », *Studi francesi,* 1972, pp. 26-33.

LEADBRETTER, E., « Corneille's Infante : an explanation of her role » *Romance Notes,* 1970, pp. 581-585.

MICKEL, E.J., « The role of Corneille's Infante », *Romance Notes,* 1965, pp. 42-45.

MONGREDIEN, G., « Corneille, *Le Cid* et l'Académie », *Revue générale Belge,* 1970, pp. 67-78.

NOUGARET, L., « Le récit de la bataille dans *Le Cid* », *Revue Universitaire,* 1946, pp. 22-27.

PAVICE, P., « Dire et faire au théâtre. L'action parlée dans les stances du *Cid* », *Études littéraires,* 1980, pp. 515-538.

PINTARD, R., « De la tragi-comédie à la tragédie : l'exemple du *Cid* » in *Missions et démarches de la critique (Mélanges offerts à J.-A. Vier),* Paris, Klincksieck, 1973, pp. 143-150.

REYNIER, G., « *Le Cid* en France avant *Le Cid* », *in Mélanges offerts à Gustave Lanson,* 1922, pp. 217-221.

SANDARG, R.M., « The primitive aspects of Corneille's *Le Cid* », *Romance Notes,* 1969, pp. 332-334.

SCHERER, J., « Sur *Le Cid* », *Quaterni del Seicente francese,* 1974, pp. 160-172.

SELLIER, Ph., « *Le Cid* et le modèle héroïque de l'imagination », *Stanford French Review* » 1981, pp. 5-20.

SELLSTROM, A.D., « The role of Corneille's Infante », *French Review,* 1965-1966, pp. 234-240.

SOURIAU, A., « L'espace-temps théâtral dans *Le Cid* », *Revue d'Esthétique,* 1950, pp. 167-188.

WOSHINSKY, B.R., « Rhetorical vision in *Le Cid* », *French Forum,* mai 1979, pp. 147-159.

YARROW, P.-J., « The Denouement of *Le Cid* », *Modern Language Review,* 1955, pp. 270-273.

Pour se tenir au courant des recherches critiques sur Corneille, on peut consulter :
— la bibliographie de René RANCŒUR paraissant dans

chaque numéro de la *Revue d'Histoire littéraire de la France* (A. Colin) ;
— la revue xviie siècle (Librairie d'Argences, 38, rue Saint-Sulpice, 75006 Paris).

Discographie

CORNEILLE, *Le Cid,* enregistrement intégral, deux disques 33 tours, collection « Vie du théâtre », Encyclopédie sonore Hachette.

Le Héros cornélien, un disque 33 tours, collection « Théâtre des Hommes », Production sonore Hachette.

Glossaire

Adorer : aimer avec passion.
Aimable : digne d'être aimé.
Amant : qui aime et qui est aimé, sans idée de possession physique.
Amitié : amour.
Amoureux : qui aime sans être payé de retour.
Brigue : sollicitation, démarche d'un prétendant auprès d'une femme aimée, sans nuance défavorable (v. 13) ; manœuvre déloyale (v. 219).
Cavalier : jeune gentilhomme ; mot devenu à la mode sous l'influence italienne et espagnole, ayant supplanté « chevalier ».
Charme : au sens fort, hérité du latin, de « puissance mystérieuse, provoquant l'envoûtement, l'enchantement ».
Cœur : courage, énergie morale, de même que dans l'expression *homme de cœur* (v. 30, 875) : v. 261, 304, 416, 419, 588...) ; siège de l'amour (v. 17, 74, 83, 88, 101, 120...) et des autres passions (v. 172, 355, 394, 448, 471, 576, 627...).
Courage : cœur (v. 354, 594, 910, 953, 1436, 1601) ;

énergie de l'âme pour atteindre à une claire vision de son devoir (v. 98, 120, 204, 222, 273, 430...).

Déplaisir : désespoir, chagrin.

Déplorable : qui mérite des pleurs.

Devoir : obligation morale.

Digne (sans complément) : noble, qui mérite l'estime (v. 22, 263, 288, 317, 621, 640...).

Ennui : au sens fort, hérité du latin, de « vive affliction », « désespoir ».

Étrange : extraordinaire.

Fatal : funeste, qui fait naître le malheur.

Fers : tyrannie de l'amour, mot de la langue galante.

Fier : cruel.

Feu, flamme : métaphore de la passion amoureuse.

Flatter : demeurer ou entretenir quelqu'un dans une illusion agréable.

Gêne : contraction de « géhenne », l'enfer ; **gêner** : torturer.

Généreux : capable de sentiments élevés convenant à une noble race.

Générosité : ce qui fait la noblesse du caractère ; définie en ces termes par Descartes dans son *Traité des passions de l'âme* : « Ne manquer jamais de volonté pour entreprendre et exécuter toutes les choses qu'[un homme] jugera être les meilleures, ce qui est suivre parfaitement la vertu. »

Gloire : considération, renommée (v. 701, 1210, 1302) ; accompagné d'un adjectif possessif : haute idée que l'on a de soi-même. Descartes définit la gloire comme « une espèce de joie fondée sur l'amour qu'on a pour soi-même, et qui vient de l'opinion ou de l'espérance qu'on a d'être loué par quelques autres ».

Glorieux : qui donne de la renommée ou de la dignité.

Hasard : danger.

Heur : bonheur.

Honneur : distinction flatteuse (v. 44, 154, 165, 223, 673, 1039) ; estime accordée à la vertu ou au courage (v. 221, 268, 396, 433, 438, 442, 603, 718...) ; désir de conserver l'estime de soi-même et des autres (v. 143,

248, 252, 302, 311, 319, 339...) ; qualité incitant à de
nobles actions (v. 400, 421, 1059, 1085).

Maison : lignée, famille.

Mérite : qualités provoquant la considération d'autrui
et de soi-même.

Mouvements : sentiments violents.

Objet : personne aimée.

Ravir : transporter de joie ou d'admiration.

Soin : inquiétude, souci.

Vertu : au singulier : force morale née du mérite (v. 28,
80, 129, 134, 399, 426, 513, 518, 529...) ; au pluriel :
qualités conformes aux lois morales (v. 177, 1803).

Notes

DÉDICACE

Page 17.

1. Mme de Combalet, future duchesse d'Aiguillon, était la nièce de Richelieu.

2. Allusion à un subterfuge des Espagnols assiégés par les Maures dans Valence. Ils avaient attaché le cadavre du Cid, qui venait de mourir, sur son cheval, et tenté une sortie. Épouvantés, les Maures crurent à sa résurrection et s'enfuirent.

3. Le « Cid », Rodrigue de Bivar vécut au xie siècle (1025 ?-1099).

AVERTISSEMENT

Page 19.

1. Cet avertissement, qui date de 1648, disparaît dans les éditions ultérieures à 1657.

2. « Il avait eu auparavant un duel avec don Gomès, comte de Gormaz. Il le vainquit et lui donna la mort. Le résultat de cet événement fut qu'il se maria avec doña Chimène, fille et héritière de ce seigneur. Elle-même demanda au roi qu'il le lui donnât pour mari, car elle était fort éprise de ses qualités, ou qu'il le châtiât conformément aux lois, pour avoir donné la mort à son père. Le mariage, qui agréait à tous, s'accomplit ; ainsi, grâce à la dot considérable de son épouse, qui s'ajouta aux biens qu'il tenait de son père, il grandit en pouvoir et en richesse. » (Traduction de Ch. Marty-Laveaux, *Œuvres de Corneille,* éd. citée, t. III, pp. 79-80.) Le public français était assez familiarisé avec l'espagnol pour que Corneille se dispensât de donner une traduction.

Page 20.

1. Allusion à l'*Histoire générale d'Espagne* de Louis de Mayenne-Turquet, parue en 1587 et rééditée en 1637. *Noter* signifie ici « blâmer ».

2. *Engañarse engañando (Se tromper en trompant),* comédie imprimée en 1625.

3. « Si le monde a raison de dire que ce qui éprouve le mérite d'une femme c'est d'avoir des désirs à vaincre, des occasions à rejeter, je n'aurais ici qu'à exprimer ce que je sens : mon honneur n'en deviendrait que plus éclatant. » (Traduction de Marty-Laveaux, *op. cit.,* éd. citée, t. III, p. 83, n. 1.)

Page 21.

1. « Mais une malignité qui se prévaut de notions d'honneur mal entendues convertit volontiers en un aveu de faute ce qui n'est que la tentation vaincue. Dès lors, la femme qui désire et qui résiste également vaincra deux fois, si en résistant elle sait encore se taire » *(ibid.).*

2. Allusion à la querelle du *Cid* et à l'intervention de l'Académie française (voir pp. 158 *sqq.*).

3. *Désert :* retraite compagnarde. Louis Guez de Balzac (1597-1654), académicien, jouissant d'une autorité considérable dans le monde littéraire, vivait le plus souvent dans sa maison de campagne près d'Angoulême.

4. Cette lettre, qui fut lue à l'Académie au début d'août 1637, était adressée à Scudéry et prenait la défense de Corneille (voir p. 161) ; il y écrivait notamment : « Si *Le Cid* est coupable, c'est d'un crime qui a eu sa récompense ; s'il est puni, ce sera après avoir triomphé ; s'il faut que Platon le bannisse de sa République, il faut qu'il le couronne de fleurs en le bannissant et ne le traite pas plus mal qu'il n'a traité autrefois Homère. »

Page 25.

1. « Par-devant le roi de León, un soir se présente doña Chimène, demandant justice pour la mort de son père. Elle demande justice contre le Cid, don Rodrigue de Bivár, qui l'a rendue orpheline dès son enfance, quand elle comptait encore bien peu d'années.

« — Si j'ai raison d'agir ainsi, ô Roi, tu le comprends, tu le sais bien : les devoirs de l'honneur ne se laissent point méconnaître.

« Chaque jour que le matin ramène, je vois celui qui s'est repu comme un loup de mon sang, passer pour renouveler mes chagrins, chevauchant sur un destrier.

« Ordonne-lui, bon roi, car tu le peux, de ne plus aller et venir par la rue que j'habite : un homme de valeur n'exerce pas de vengeance contre une femme.

« Si mon père fit affront au sien, il l'a bien vengé, et si la mort a payé le prix de l'honneur, que cela suffise à le tenir quitte.

« J'appartiens à ta tutelle, ne permets pas que l'on m'offense. L'offense qu'on peut me faire s'adresse à ta couronne.

« — Taisez-vous, doña Chimène ; vous m'affligez vivement. Mais je saurai bien remédier à toutes vos peines.

« Je ne saurai faire du mal au Cid ; car c'est un homme de grande valeur, il est le défenseur de mes royaumes et je veux qu'il me les conserve.

« Mais je ferai avec lui un accommodement dont vous ne vous trouverez point mal : c'est de prendre sa parole pour qu'il se marie avec vous.

« Chimène demeure satisfaite, agréant cette merci au roi, qui lui destine pour protecteur celui qui l'a faite orpheline. »

(Traduction Ch. Marty-Laveaux, *op. cit.*, III, p. 87.)

2. « De Rodrigue et de Chimène le roi prit la parole et la main, afin de les unir ensemble en présence de Layn Calvo.

« Les inimitiés anciennes furent réconciliées par l'amour ; car où préside l'amour, bien des torts s'oublient.

« Les fiancés arrivèrent ensemble et au moment de donner la main et le baiser, le Cid, regardant la mariée, lui dit tout troublé :

« — J'ai tué ton père, Chimène, mais non en trahison, je l'ai tué d'homme à homme, pour venger une réelle injure.

« J'ai tué un homme, et je te donne un homme : me voici pour faire droit à ton grief, et au lieu du père mort tu reçois un époux honoré.

« Cela parut bien à tous : ils louèrent son prudent propos, et ainsi se firent les noces de Rodrigue le Castillan ». (*Ibid.*)

Page 27.

1. Pour sauvegarder l'unité de lieu, Corneille place la scène à Séville, sur les bords du Guadalquivir alors que Guillén de Castro situe l'intrigue à Burgos.

ACTE I

Page 29.

1. L'omission de *ne* après *ni* est alors courante.

Page 31.

1. Le page *rentre* dans la coulisse ; nous dirions aujourd'hui : sort.

Page 35.

1. *Faveur :* crédit dont don Diègue jouit à la Cour, sans nuance péjorative.

2. La place de l'adjectif, surtout dans les vers, n'est pas fixe : il faut comprendre « un nœud sacré ».

3. *Mars* était dans la mythologie latine le dieu de la Guerre.

4. *D'exemple :* par l'exemple.

Page 36.

1. Capitale du royaume maure d'Andalousie, Grenade ne fut rattachée qu'en 1492 à l'Espagne. L'Aragon, au nord-ouest de la Castille, resta indépendant jusqu'en 1469.

2. *Nerfs :* muscles. La confusion était fréquente à l'époque.

Page 38.

1. Le Comte a fait sauter des mains de Don Diègue son épée sans la ramasser : marque suprême du mépris.

2. *Infamie :* déshonneur, flétrissure, non une action basse.

Page 40.

1. *Fer :* l'épée est un élément important de la pièce. En la donnant à Rodrigue, don Diègue l'investit de la mission de le venger. C'est à cette épée que Rodrigue s'adresse encore en prononçant ses stances, et il la portera chez Chimène.

2. Chez Corneille, *courage* et *cœur* sont synonymes.

Page 42.

1. Le texte original donnait des vers 323-328 la version suivante :

> Qui venge cet affront irrite sa colère,
> Et qui peut le souffrir ne la mérite pas.
> Prévenons la douleur d'avoir failli contre elle
>   Qui nous serait mortelle.
> Tout m'est fatal, rien ne me peut guérir
>   Ni soulager ma peine.

ACTE II

Page 45.

1. Variante des vers 331-332 (éd. de 1637) :
Je l'avoue entre nous, quand je lui fis l'affront
J'eus le sang un peu chaud, et le bras un peu prompt.

2. *Submissions* : le mot désigne « les démonstrations respec-
tueuses d'un inférieur à l'égard d'un supérieur ».

3. Selon la tradition, le Comte répliquait par quatre vers qui
ne furent jamais publiés, parce qu'ils faisaient sans doute trop
l'apologie du duel :

> Ces satisfactions n'apaisent point une âme,
> Qui les reçoit n'a rien, qui les fait se diffame,
> Et de tous ces accords l'effet le plus commun
> Est de perdre d'honneur deux hommes au lieu d'un.

4. *Abolir* : terme de droit féodal désignant l'amnistie, sans
même que le prince qui la prononce soit tenu d'en expliquer les
motifs.

Page 46.

1. *Conte* : compte ; l'orthographe des deux mots étant encore
confondue.

Page 48.

1. *Bruit* : renommée.

2. *Palmes* : allusion aux lauriers du général vainqueur dans
l'Antiquité romaine.

Page 50.

1. *Bonace* : « Calme de la mer qui se dit quand le vent est abattu ou a cessé » (*Dictionnaire* de Furetière).

Page 55.

1. En contestant le choix du roi, le Comte s'est rendu coupable du crime de lèse-majesté.

Page 57.

1. « Je l'ai placée [la scène] dans Séville, bien que don Fernand n'en ait jamais été le maître ; et j'ai été obligé à cette falsification, pour former quelque vraisemblance à la descente des Mores dont l'armée ne pouvait venir si vite par terre que par eau », écrira Corneille dans son *Examen du Cid* en 1660. Guillén de Castro situait le combat de Rodrigue dans les montagnes.

Page 58.

1. *Déplaisirs* : au sens fort de désespoir.

Page 60.

1. *Poursuite* : terme juridique.

ACTE III

Page 65.

1. *Misérable* : digne de pitié, sans nuance de mépris.

Page 67.

1. *Cavalier* : chevalier, jeune gentilhomme.

Page 72.

1. *Satisfaire* : offrir réparation.

Page 73.

1. *Partie* : adversaire dans un procès. Chimène s'en remet à la justice du roi — parce qu'elle espère au fond d'elle-même que celle-ci ne sera pas trop rigoureuse ?

Page 75.

1. *Heur* : bonheur, dans la langue poétique du XVIIᵉ siècle.

Page 79.

1. Ce nombre, que Scudéry jugeait invraisemblable en raison de la petitesse de la Cour de Castille, demeure vraisemblable si l'on considère les usages français. Au siège de La Rochelle, M. de La Rochefoucauld réunit mille cinq cents gentilshommes qu'il présente ainsi au roi : « Sire, il n'y en a pas un qui ne soit de mes parents. »

ACTE IV

Page 82.

1. *Die* : forme ancienne du subjonctif présent de dire.

2. *Pompe* : appareil funèbre de la maison de Chimène.

Page 84.

1. Même si ce n'est pas sans arrière-pensée, l'Infante, princesse de Castille, n'oublie pas l'intérêt de l'État. Ses propos, ses conseils à Chimène la lient étroitement à l'action, contrairement à ce qu'ont pu affirmer les censeurs du *Cid*.

Page 85.

1. *Cyprès* : arbres symbolisant le deuil.

Page 86.

1. *Tolède*, sur le Tage, fut longtemps disputée entre les Maures et les Espagnols.

2. Position constante du héros cornélien, fidèle sujet de son monarque. En droit, le souverain n'est pas tenu de récompenser ses sujets.

3. Rodrigue justifie le fait qu'il est parti combattre les Maures sans l'ordre du roi. Faute grave en soi, que sa victoire rend évidemment excusable.

Page 87.

1. Après la mort du Comte, Rodrigue était passible de la justice du roi. C'est pourquoi il ne réapparaît pas à la Cour.

Page 91.

1. Subterfuge courant dans la tragi-comédie.

Page 92.

1. *Franchise* : « Asile, lieu saint et privilégié où on est en

sûreté de sa personne. Les églises et les monastères d'Espagne sont des *franchises* pour les criminels. Les *Franchises* n'ont point de lieu en France par l'ordonnance de François Ier, en 1539 » (*Dictionnaire* de Furetière).

Page 93.

1. Il s'agit du combat judiciaire, Dieu donnant la victoire à celui des adversaires dont la cause est juste. Mais Chimène n'en accepte le résultat que si « Rodrigue est puni », restriction que le roi n'accepte pas.

ACTE V

Page 102.

1. *Discord :* mot vieilli pour discorde.

Page 104.

1. Ce « puissant moteur du destin » est Dieu, qu'on ne pouvait nommer sur scène.

Page 106.

1. Corneille a raccourci le désespoir de Chimène. En 1637, elle disait :

J'obtiens pour mon malheur ce que j'ai demandé,
Et ma juste poursuite a trop bien succédé.
Pardonne, cher amant, à sa rigueur sanglante,
Songe que je suis fille aussi bien comme amante,
Si j'ai vengé mon père aux dépens de ton sang,
Du mien pour te venger, j'épuiserai mon flanc.
Mon âme désormais n'a rien qui la retienne,
Elle ira recevoir ce pardon de la tienne.
Et toi qui me prétends acquérir par sa mort,
Ministre déloyal de mon rigoureux sort,
N'espère rien de moi, tu ne m'as point servie,
En croyant me venger tu m'as ôté la vie.

DON SANCHE
Étrange impression qui, loin de m'écouter...

CHIMÈNE
Veux-tu que de sa mort je t'écoute vanter ?
Que j'entende à loisir avec quelle insolence
Tu peindras son malheur, mon crime et ta vaillance,
Qu'à tes yeux ce récit tranche mes tristes jours ?

Va, va, je mourrai bien sans ce cruel secours,
Abandonne mon âme au mal qui la possède.
Pour venger mon amant je ne veux point qu'on m'aide.

Page 110.

1. Variante 1637 :
Sire, quelle apparence à ce triste hyménée,
Qu'un même jour commence et finisse mon deuil,
Mette en mon lit Rodrigue, et mon père au cercueil ?
C'est trop d'intelligence avec son homicide.

En 1637, Chimène demandait un délai ; elle ne contestait pas
la décision royale — ce que dans la version définitive elle semble faire.

EXAMEN

Page 113.

1. Cet « examen » apparaît pour la première fois dans l'édition de 1660. Il s'agit ici du texte définitif publié par Corneille
en 1682.

2. Évocation du problème des unités.

3. En fait quarante-cinq ans ; Corneille arrondit les dates.

Page 115.

1. Argumentation ne concernant que la version définitive du
Cid.

Page 116.

1. Dans le *Discours du poème dramatique* pour l'Infante ; sur
le rôle du roi, dans l'« Examen » de *Clitandre :* « Je dis qu'un
roi [...] peut paraître sur le théâtre en trois façons : comme roi,
comme homme, et comme juge, quelquefois avec deux de ces
qualités, quelquefois toutes les trois ensemble [...]. Il ne paraît
[...] que comme juge quand il est introduit sans aucun intérêt
pour son État, ni pour sa personne, ni pour ses affections, mais
seulement pour régler celui des autres, comme [...] dans *Le
Cid*.

Page 117.

1. Réponse à une critique de Scudéry, jugée fondée par
l'Académie.

Page 120.

1. Horace, *Art poétique,* v. 44-45 : « Que l'auteur d'un poème promis aime ceci, dédaigne cela, et laisse de côté la plupart des circonstances. »

2. *Ibid.,* v. 148 : « Qu'il se hâte toujours vers le dénouement. »

3. Les « chandelles » qui éclairaient la salle pendant le spectacle.

Page 121.

1. *Art poétique,* v. 181-182 : « Ce qui vient par l'oreille est plus lent à émouvoir le cœur que ce qu'on expose à des yeux attentifs. »

Table

Table 190

Crédit photos

Photos Viollet-Lipnitzki, pp. 15, 39, 61, 89.
Philippe Coqueux, p. 111.

Composition réalisée par C.M.L., Montrouge

IMPRIMÉ EN FRANCE PAR BRODARD ET TAUPIN
Usine de La Flèche (Sarthe).
LIBRAIRIE GÉNÉRALE FRANÇAISE - 6, rue Pierre-Sarrazin - 75006 Paris.
ISBN : 2 - 253 - 03801 - 6